순순한 영혼 이야기

어린 왕자 ★ 별

생텍쥐페리, 알퐁스 도데 지음
김설아 옮김

THE LITTLE PRINCE
&
THE STARS

CONTENTS

THE LITTLE PRINCE
어린 왕자

- 생텍쥐페리 -

제 1장	⋯06	제 11장	⋯54
제 2장	⋯10	제 12장	⋯57
제 3장	⋯16	제 13장	⋯59
제 4장	⋯20	제 14장	⋯65
제 5장	⋯25	제 15장	⋯70
제 6장	⋯30	제 16장	⋯75
제 7장	⋯33	제 17장	⋯78
제 8장	⋯38	제 18장	⋯82
제 9장	⋯43	제 19장	⋯84
제 10장	⋯47	제 20장	⋯86

제 21장	… 89	제 25장	… 106
제 22장	… 96	제 26장	… 111
제 23장	… 99	제 27장	… 120
제 24장	… 101		

THE STARS
별
- 알퐁스 도데 -

별 - 프로방스 지방 목동의 이야기	… 126
코르니유 영감의 비밀	… 138
아를르의 여인	… 150
스갱 씨의 염소	… 159
어린 왕자 - 영문판	… 171
별/코르니유 영감의 비밀/아를르의 여인/스갱 씨의 염소 - 영문판	… 253

서 문

레옹 베르트에게

내가 이 책을 어른에게 바치는 것에 대해
이 책을 읽게 될지도 모르는 어린이들에게 용서를 빈다.
나에겐 그럴 사정이 한 가지 있다.
내가 이 세상에서 사귄 가장 훌륭한 친구가 어른이었기 때문이다.
또 다른 사정은 이 어른이 모든 것을 다 이해할 수 있다는 것이다.
어린 아이를 위해 쓴 책들까지도.
세 번째 이유는 그가 지금 프랑스에서 살고 있는데,
그곳에서 굶주리며 추위에 지쳐가고 있다는 것이다.
그는 정말로 위로가 필요하다.
이런 이유들이 부족하다고 느껴진다면,
나는 이 책을 지금은 어른이 되어버린 예전의 어린이에게 이 책을 바친다.
어른들도 처음에는 모두 어린이였다.
그러나 그것을 기억하는 어른들은 별로 없다.
그래서 나는 헌사를 다음과 같이 고친다.

어린 시절의 레옹 베르트에게

THE LITTLE PRINCE

어린 왕자 ★ 생텍쥐페리

1장

 여섯 살 때 〈자연계의 실화〉라는 원시림에 관한 책에서 멋있는 그림 하나를 보았다. 그것은 보아 뱀 한 마리가 동물을 삼키고 있는 그림이었다. 이것이 그 그림을 똑같이 그려 놓은 것이다.

책에는 이렇게 쓰여 있었다. "보아 뱀은 씹지 않고 먹이를 통째로 삼킨다. 그런 다음 몸을 움직일 수 없어 소화가 될 때까지 6개월 동안 내내 잠을 잔다."

나는 그 그림을 보고 나서 밀림의 여러 가지 모험들에 대해 곰곰이 생각해 보았다. 색연필로 몇 번 끼적여 본 끝에 내 첫 번째 그림을 그리는 데 성공했다. 나의 그림 1호. 그것은 다음과 같다.

나는 내 걸작을 어른들에게 보여 주며 그 그림이 무섭지 않느냐고 물었다.
하지만 그들은 이렇게 대답했다. "무섭냐고? 모자가 왜 무섭겠어?"
내 그림은 모자를 그린 것이 아니었다.
그것은 코끼리를 소화시키고 있는 보아 뱀의 그림이었다.
하지만 어른들은 그것을 이해하지 못했기 때문에
나는 그림을 다시 그렸다.
어른들이 분명하게 볼 수 있도록 보아 뱀의
속을 그린 것이다.
어른들에겐 항상 설명을 해 주어야 한다.
내 그림 제2호는 다음과 같다.

이번에 어른들은 내게 속이건 밖이건 보아 뱀의 그림 따위는 집어치우고 대신 지리나 역사, 산수, 문법에 관심을 가져 보라고 충고했다. 나는 이렇게 해서 내 나이 여섯 살에 화가라는 멋진 직업을 포기했다. 나는 내 그림 제1호와 제2호의 실패로 낙담했던 것이다. 어른들은 혼자서는 아무것도 이해하지 못하고, 그렇다고 항상 설명을 해 주자니 어린이에겐 여간 성가신 일이 아니었다. 그래서 나는 다른 직업을 골랐고, 비행기 조종을 배웠다. 나는 세계 곳곳을 날아다녔다. 지리 공부가 내게 무척이나 유용했던 것이 사실이다. 나는 한 번 쓱 보아도 중국과 애리조나를 구별할 수 있게 되었다. 밤에 길을 잃으면 이런 지식이 꽤 쓸모가 있다.

이렇게 살아오는 동안 나는 수없이 많은 사람들과 수없이 많은 접촉을 했다. 나는 어른들 속에서 꽤 오랫동안 살아왔고 그들을 아주 가까이서 보아 왔다. 그렇다고 그들에 대한 내 의견이 크게 달라진 것은 아니었다.

나는 조금 똑똑해 보이는 사람을 만날 때마다 항상 지니고 다니던 내 그림 제1호를 보여 주면서 그를 시험해 보곤 했다. 이 사람이 정말 이해력이 있는 사람인지 알고 싶었던 것이다. 하지만 늘 이런 대답만이 돌아왔다. "그것은 모자로군요." 그러면 나는 보아 뱀이나 원시림, 별에 대한 이야기를 꺼내지 않았다. 그의 수준에 맞추어 트럼프 이야기나 골프 이야기, 정치, 넥타이 등의 이야기를 했다. 그러면 그 어른은 분별 있는 사람을 만났다며 아주 기뻐했다.

2장

 이렇게 해서 나는 진심을 털어놓고 이야기할 사람도 없이 혼자 살아왔다. 그러다가 6년 전, 사하라 사막에서 비행기 사고를 당한 것이다. 엔진의 어딘가가 부서졌다. 기관사도 승객도 없었던 터라, 나는 어려운 수리를 혼자 해 보려고 애썼다. 내게는 죽느냐 사느냐가 달린 문제였다. 가진 것이라고는 일주일 동안 버틸 수 있는 물이 고작이었다. 첫날 밤, 나는 사람들이 사는 곳에서 수천 마일이나 떨어진 모래 위에 누워 잠이 들었다. 바다 한가운데에 뗏목을 타고 흘러가고 있는 난파선의 뱃사람보다 내가 훨씬 더 외로웠다. 그러니 해가 뜰 무렵, 내가 이상한 작은 목소리에 잠이 깼을 때 얼마나 놀랐을지 짐작할 수 있을 것이다. 그 목소리는 이렇게 말했다.
 "괜찮다면… 내게 양 한 마리만 그려 줘요!"

"뭐라고!"
"양 한 마리만 그려줘!"

나는 벼락이라도 맞은 듯 벌떡 일어났다. 열심히 눈을 깜박이며 주변을 찬찬히 살펴보았더니, 신기할 만큼 작은 사람이 그곳에 서서 나를 진지하게 바라보고 있었다. 여기 그의 초상화가 있다. 이 그림은 내가 그를 모델로 그린 것 중 가장 훌륭한 것이다. 하지만 내 그림이 그 모델보다 훨씬 덜 멋있다는 것은 분명하다.

그렇다고 그것이 내 잘못은 아니다. 나는 여섯 살 때 어른들 때문에 기가 죽어 화가라는 직업을 포기했고, 속이 보이는 보아 뱀과 그렇지 않은 보아 뱀을 제외하고는 한 번도 그림 공부를 해본 적이 없으니 말이다.

어쨌든 나는 놀라서 눈을 휘둥그레 뜨고 느닷없이 나타난 그 유령 같은 모습을 바라보고 있었다. 나는 사람이 사는 곳에서 수천 마일이나 떨어진 사막에 추락하지 않았던가. 그런데 나의 작은 사람은 사막에서 길을 잃은 것 같지도, 피로나 굶주림, 갈증, 두려움으로 녹초가 된 것 같지도 않았다. 사람이 사는 곳에서 수천 마일 떨어진 사막 한가운데에서 길을 잃은 아이의 모습이라고는 전혀 찾아볼 수 없었다. 나는 마침내 입을 열어 이렇게 말했다.

"그런데… 넌 여기서 무얼 하고 있니?"

그 아이는 아주 중요한 이야기라도 하는 듯, 매우 천천히 같은 말을 되풀이했다.

"괜찮다면… 양 한 마리만 그려줘…."

너무나도 인상 깊은 신비스러운 일을 겪게 되면 누구나 감히 거역하지 못하는 법이다. 사람이 사는 곳에서 수천 마일이나 떨어져 죽을 위험에 처한 내게 그것은 무척 터무니없는 일인 것 같았지만, 나는 주머니에서 종이 한 장과 만년필을 꺼냈다. 하지만 그때 내가 공부한 것은 지리와 역사, 산수, 문법이 고작인 것을 기억하고는 그 어린 친구에게 (조금은 퉁명스럽게) 나는 그림을 그릴 줄 모른다고 말했다. 그는 대답했다.

"괜찮아. 양 한 마리만 그려줘…."

하지만 나는 한 번도 양을 그려본 적이 없었다. 그래서 나는 내가 자주 그리던 두 개의 그림 중 하나를 그에게 그려 주었다. 그것은 속이 보이지 않는 보아 뱀 그림이었다. 그러자 놀랍게도 이 어린 친구가 이렇게 말하는 것이었다.

"아냐, 아냐, 아냐! 난 보아 뱀 속에 있는 코끼리는 싫어. 보아 뱀은 아주 위험하고 코끼리는 너무 거추장스러워. 내가 사는 곳은 모든 것이 아주 작거든. 내가 필요한 것은 양이야. 양 한 마리만 그려줘."

그래서 나는 이 양을 그렸다.

그는 조심스럽게 살펴보더니 이렇게 말했다.
"아냐. 이 양은 벌써 몹시 병들었는걸. 다른 양을 그려줘."
그래서 나는 다시 그렸다.

내 친구는 상냥하고 너그럽게 웃으며 말했다.
"이것 봐. 이것은 양이 아니야. 이건 숫양이잖아. 뿔이 있어."
그래서 나는 다시 한 번 그렸다.

하지만 그 그림 역시 다른 그림들처럼 퇴짜를 맞았다.
"이건 너무 늙었어. 나는 오래 살 양이 필요해."
이쯤 되자 내 인내심은 바닥이 났다. 엔진을 서둘러 분해해야 했기 때문에 나는 이 그림을 아무렇게나 쓱쓱 그려 주었다.
그러고는 툭 던져 주며 이렇게 설명했다.
"이건 상자야. 네가 부탁한 양은 그 안에 있어."

 그러자 나의 어린 심판관의 얼굴이 환하게 밝아지는 것을 보고 나는 무척 놀랐다.
 "내가 원했던 게 바로 이거야! 이 양한테 풀을 많이 주어야 할까?"
 "왜?"
 "내가 사는 곳은 모든 게 아주 작거든."
 "거기 있는 것으로 충분할 거야. 내가 너에게 준 건 아주 작은 양이거든."
 그는 고개를 숙여 그림을 들여다보았다.
 "그렇게 작지도 않은데… 이것 봐! 양이 잠들어 버렸어."
 이렇게 해서 나는 어린 왕자를 알게 되었다.

3장

 그가 어디서 왔는지를 아는 데는 오랜 시간이 걸렸다. 어린 왕자는 내게 많은 질문을 했지만, 내 질문에는 전혀 귀를 기울이지 않았다. 그가 무심코 한 말들이 조금씩 조금씩 모여 모든 것을 알게 되었다.
 가령 그가 처음 내 비행기(내 비행기는 그리지 않겠다. 내겐 너무 복잡한 일이 될 테니까.)를 보았을 때 나에게 이렇게 물었다.
 "저 물건은 뭐야?"
 "저것은 물건이 아니야. 그건 날아다니는 거야. 비행기라는 것이지. 내 비행기야."
 내가 날 수 있다는 것을 그에게 알려 주면서 나는 우쭐해졌다.
 그러자 그가 큰 소리로 외쳤다.
 "뭐라고! 아저씨가 하늘에서 떨어졌다고?"

"그래." 내가 겸손하게 대답했다.

"야! 그것 참 재미있다!"

그러고는 어린 왕자가 유쾌한 듯 웃음을 터트리는 바람에 나는 기분이 몹시 언짢아졌다. 내 불행을 심각하게 받아들여 주길 바란 것이다.

그런데 그는 이렇게 덧붙였다.

"그럼 아저씨도 하늘에서 왔구나! 어느 별에서 왔어?"

그 순간 나는 그의 존재에 대한 이해할 수 없는 신비로움에 한 줄기 빛이 비치는 것을 깨닫고 불쑥 이렇게 물었다.

"너는 다른 별에서 왔구나?"

하지만 그는 대답하지 않고 내 비행기에서 눈을 떼지 않은 채, 고개를 가볍게 끄덕였다.

"저걸 타고 그렇게 먼 곳에서 올 수는 없었겠다…."

그리고 그는 아주 오랫동안 몽상에 잠겨 있었다. 그러더니 호주머니에서 내 양을 꺼내 들고 그 보물을 열심히 들여다보았다.

그 아리송한 '다른 별들'이란 말에 내가 얼마나 호기심으로 몸이 달았을지 짐작할 수 있으리라. 그래서 나는 이것에 대해 좀 더 알아내려고 갖은 노력을 다했다.

"얘, 너는 어디에서 왔니? 네가 말하는 '내가 사는 곳'이란 어디를 말하는 거니? 네 양을 어디로 데려가려는 거니?"

그는 생각에 잠겨 한동안 말이 없더니 이렇게 대답했다.

"잘됐어. 아저씨가 준 상자는 밤에 양의 집으로 사용할 수 있겠는걸."

"물론이지. 그리고 네가 착하게 굴면 낮 동안 양을 묶어둘 고삐도 하나 줄게. 말뚝도 하나 주고."

하지만 어린 왕자는 내 제안에 몹시 놀란 것 같았다.

"양을 묶는다고! 참 괴상한 생각이다!"

"하지만 묶어 두지 않으면 아무 데나 돌아다니다가 길을 잃을 거야." 내가 말했다.

내 친구는 다시 한 번 까르르 웃음을 터트렸다.

"아니, 양이 가긴 어디로 간다는 거야?"

"어디든지. 앞으로 곧장."

그러자 어린 왕자가 진지하게 말했다.

"괜찮아. 내가 사는 곳은 아주 작은 곳이야!"

그러고는 어쩐지 좀 슬픈 목소리로 이렇게 덧붙였다.

"앞으로 곧장 가도 그렇게 멀리 갈 수가 없는걸…."

4장

나는 이렇게 해서 중요한 사실을 또 한 가지 알아냈다. 그것은 어린 왕자가 태어난 별이 집 한 채 크기보다 겨우 클까 말까 하다는 것이다!

하지만 그것이 내게는 그렇게 놀라운 일도 아니었다. 지구, 목성, 화성, 금성, 이렇게 이름이 붙은 큰 행성들 말고도 수백 개의 다른 별들이 있는데, 이중에는 아주 작아서 망원경으로도 잘 보이지 않는 것들이 있다는 것을 나는 너무 잘 알고 있었다. 천문학자가 이런 별을 하나 발견하면 이름 대신 번호를 붙여 준다. 예를 들면 '소행성 325호'라는 식으로 부르는 것이다.

나는 어린 왕자가 소행성 B-612에서 왔을 것이라고 생각했다. 그렇게 믿을 만한 그럴싸한 이유가 있다.

이 소행성은 1909년 터키의 어느 천문학자가 망원경으로 단 한 번 보았을 뿐이었다.

그 당시, 그 천문학자는 국제천문학회에서 자신이 발견한 것에 대해 멋지게 증명해 보였다. 하지만 그가 입은 옷 때문에 아무도 그의 말을 믿으려 하지 않았다.

어른들은 언제나 이런 식이다.

하지만 소행성 B-612의 명성을 위해서는 참으로 다행스럽게도, 터키의 한 독재자가 국민들이 서양식 옷을 입지 않으면 사형에 처한다는 법을 만들었다. 그리하여 1920년, 그 천문학자는 아주 맵시 있는 옷을 입고 다시 증명을 했다. 이번에는 모두가 그의 말에 수긍했다.

내가 소행성 B-612에 대해 이렇게 자세히 이야기하고 그 번호까지 일러 주는 것은 다 어른들 때문이다. 여러분이 새 친구를 사귀었다고 어른들에게 말하면, 어른들은 도무지 중요한 것은 물어보지 않는다. "그 아이의 목소리는 어떠니? 어떤 놀이를 가장 좋아하지? 그 아이도 나비를 수집하니?"라는 말을 절대로 하지 않는다. 대신, "그 아이는 몇 살이니? 형제는 몇 명이니? 몸무게는 얼마지? 아버지는 얼마나 버시니?"라고 묻는다. 이런 숫자로 비로소 그 친구에 대해 알게 되었다고 생각하는 것이다.

만일 여러분이 어른들에게 "저는 장밋빛 벽돌로 지은 아름다운 집을 보았어요. 창문에는 제라늄이 있고 지붕 위에는 비둘기가 있어요."라고 말한다면, 어른들은 그 집이 어떤 집인지 전혀 상상해 내지 못할 것이다. 여러분은 "2만 달러짜리 집을 보았어요."

라고 말해야 할 것이다. 그러면 어른들은 그제야 "아, 정말 아름다운 집이구나!"라고 소리칠 것이다.

그러니 여러분이 "어린 왕자가 있었다는 증거는 그 애가 멋있었고 웃었고 양 한 마리를 갖고 싶어 했다는 거야. 누군가가 양을 갖고 싶어 한다면 그것은 그 사람이 이 세상에 있는 증거야."라고 말한다면, 어른들은 어깨를 으쓱하며 여러분을 어린아이로 취급할 것이다. 하지만 여러분이 "어린 왕자는 소행성 B-612에서 왔어."라고 말한다면 어른들은 곧 알아듣고, 질문을 해대며 여러분을 귀찮게 하지 않을 것이다.

어른들은 언제나 이런 식이다. 그들을 탓해서는 안 된다. 아이들은 항상 어른들을 아주 너그럽게 대해야 한다.

하지만 삶을 이해하고 있는 우리들에게 숫자란 분명 대수롭지 않은 것이다.

나는 이 이야기를 동화 같은 형식으로 시작하고 싶었다. 나는 이렇게 말하고 싶었다. "옛날에 자기보다 조금 클까 말까 한 별에 어린 왕자가 살고 있었는데, 그는 양을 한 마리 가지고 싶어 했습니다…."

삶을 이해하는 사람들에게는 이런 이야기가 훨씬 더 그럴듯하게 보였을 것이다.

하지만 내가 그렇게 이야기하지 못한 것은 사람들이 내 책을 가볍게 읽는 것이 싫었기 때문이다. 이제 이 추억을 이야기하려니 온갖 슬픈 생각이 떠오른다. 내 친구가 양을 데리고 떠난 지도 벌써 6년이 지났다. 내가 여기에다 그 친구의 모습을 그리려고 애를 쓰는 것은 그 아이를 잊지 않기 위해서이다. 친구를 잊어버린다는 것은 슬픈 일이다. 모두가 친구를 가졌던 것은 아니다. 그리고 내가 그를 잊는다면 나는 숫자 외에는 관심이 없는 어른들처럼 되어 버릴지도 모른다.

내가 다시 물감 한 상자와 연필 몇 자루를 사온 것은 이것 때문이다. 여섯 살 이후 속이 보이는 보아 뱀과 보이지 않는 보아 뱀의 그림 외에는 전혀 그림을 그려본 적이 없는 내가 이 나이에 다시 그림을 시작한다는 것은 여간 힘든 일이 아니다. 물론 나는 가능한 한 사실적으로 그의 초상화를 그리려고 노력할 것이다. 하지만 성공할 수 있을지 정말 자신이 없다. 어떤 그림은 그런대로 괜찮지만, 어떤 그림은 그와 아주 다른 것이 되어 버린다. 어린 왕자의 키를 어림잡는 데에도 실수를 한다. 어떤 그림에서는 어린 왕자가 너무 크고, 어떤 그림에서는 너무 작다. 옷 색깔도 아리송하다. 그래서 나는 되건 안 되건 최대한 기억을 더듬어 보면서 그럭저럭 쓸 만한 그림이 나오기를 바라고 있다.

분명 더 중요한 부분에서 실수를 저지를 것이다. 하지만 그것은 내 잘못이 아니다. 내 친구는 내게 아무것도 설명해 주지 않았으니 말이다.

그는 어쩌면 내가 자신과 같다고 생각했을지도 모른다. 하지만 나는 상자 벽을 통해 그 안에 있는 양을 볼 줄 모른다. 나도 조금은 어른들과 비슷한지도 모를 일이다.

아마 늙은 모양이다.

5장

 어린 왕자와의 대화를 통해 나는 별이니 출발이니 여행에 대해 날마다 조금씩 알게 되었다. 어린 왕자가 무심코 하는 말들로 서서히 그렇게 된 것이다. 사흘째 되는 날 바오밥 나무의 비극을 알게 된 것도 그렇게 해서였다.
 이번에도 역시 양 덕분이었다. 어린 왕자는 심각한 의문이 생긴 듯 느닷없이 이렇게 물었다.
 "양이 작은 나무를 먹는다는 게 정말이지?"
 "그럼, 정말이지."
 "아! 잘됐다!"
 나는 양이 작은 나무를 먹는다는 게 왜 그리 중요한지 이해하지 못했다. 하지만 어린 왕자는 말을 이었다.
 "그럼 바오밥 나무도 먹겠지?"

나는 어린 왕자에게 바오밥 나무는 작은 나무가 아니라 성당만큼 커다란 나무이며, 코끼리 한 떼를 데려간다 해도 한 그루의 바오밥 나무도 먹어치우지 못할 것이라고 일러 주었다.

한 떼의 코끼리라는 말에 어린 왕자는 웃으며, "코끼리들을 포개어 놓아야겠네."라고 말했다.

하지만 그는 현명하게도 이런 말을 했다.

"바오밥 나무도 그렇게 커 버리기 전에는 작은 나무였지?"

"물론이지. 그런데 왜 양이 작은 바오밥 나무를 먹어야 한다는 거야?"

어린 왕자는 "아이 참!" 하며, 그것은 자명한 이치라는 듯이 대꾸했다. 그래서 나는 혼자서 이 수수께끼를 푸느라 한참 머리를 짜내야 했다.

사실, 어린 왕자가 살던 별에는 다른 모든 별들과 마찬가지로 좋은 풀과 나쁜 풀이 있었다. 따라서 좋은 풀의 좋은 씨와 나쁜 풀의 나쁜 씨가 있었다. 하지만 씨앗은 눈에 보이지 않는다. 씨앗은 땅속 깊이 어두운 곳에서 잠들어 있다가 이 중 하나가 갑작스레 잠에서 깨어나고 싶어진다. 그러면 이 어린 씨앗은 기지개를 켜고 태양을 향해 처음엔 머뭇거리며 그 아름답고 작은 새싹을 악의 없이 내민다. 그것이 무나 장미의 싹이라면 그대로 자라게 두어도 된다. 하지만 나쁜 풀이라면 눈에 띄는 대로 뽑아 버려야 한다.

그런데 어린 왕자의 별에는 무시무시한 씨앗들이 있다. 바로 바오밥 나무 씨앗들이었다. 그 별의 땅은 바오밥 나무 씨앗 투성이였다. 바오밥 나무는 너무 늦게 손을 쓰면 절대로 없애 버릴 수 없게 된다. 별 전체에 퍼져서는 뿌리로 별에 구멍을 뚫는 것이다. 거기다, 별이 너무 작고 바오밥 나무가 너무 많으면 별은 산산조각이 나 버리는 것이다.

"그건 규율의 문제야." 훗날 어린 왕자가 말했다. "아침에 몸단장을 끝내고 나면 정성들여 별의 몸단장을 해 주어야 해. 바오밥 나무는 아주 어렸을 때는 장미와 매우 비슷하게 생겼거든. 장미와 바오밥 나무를 구별할 수 있게 되면 규칙적으로 바오밥 나무를 모조리 뽑아 버려야 해. 아주 귀찮은 일이지만 꽤 쉬운 일이기도 하지."

또 어느 날은 어린 왕자가 이렇게 말했다.

"아저씨 별에 사는 아이들의 머릿속에 꼭 박히도록 아름다운 그림을 하나 그려봐. 언젠가 아이들이 여행할 때 매우 유용할 거야. 때로는 해야 할 일을 다른 날로 미뤄도 괜찮을 때가 있지. 하지만 바오밥 나무의 경우에는 언제나 큰 재난이 따르는 법이야. 게으름뱅이가 살고 있는 어느 별을 알고 있었거든. 그는 작은 나무 세 그루를 무심히 내버려 두었지…."

그래서 어린 왕자가 설명하는 대로 나는 그 별의 그림을 그렸다. 나는 성인군자 같은 투로 말하기는 정말 싫다. 하지만 바오밥 나무의 위험은 거의 알려져 있지 않았고, 소행성에서 길을 잃을지도 모르는 사람이 처하게 될 위험은 너무 크기 때문에 나는 처음으로 신중함을 버리고 이렇게 말하려 한다. "어린이들아, 바오밥 나무를 주의하렴!"

나와 마찬가지로 내 친구들도 오랫동안 모르는 사이에 이런 위험에 둘러싸여 있었다. 그러므로 내가 이 그림을 이렇게 열심히 그린 것은 모두 이 친구들을 위해서인 것이다. 이 그림을 통해 내가 전하는 교훈은 이 그림을 그리느라 수고할 가치가 있는 것이다.

아마 여러분은 이렇게 물을 것이다. "이 책에는 왜 바오밥 나무의 그림만큼 장엄하고 감동적인 그림들이 없을까?"

대답은 간단하다. 나도 노력해 보았지만 다른 그림들은 뜻대로 되지 않았다. 바오밥 나무를 그릴 때에는 다급한 마음에 열성적으로 그렸던 것이다.

6장

아, 어린 왕자야! 너의 슬프고도 단순한 생활을 나는 조금씩 이해하게 되었지. 오랫동안 너의 유일한 낙이라고는 고요함 속에 해질 녘의 풍경을 바라보는 것뿐이었지. 나흘째 되는 날 아침에 나는 그 새로운 사실을 알았지. 네가 나에게 이렇게 말했거든.

"나는 해질 무렵을 정말 좋아해. 지금 해 지는 것을 보러 가자."

"하지만 기다려야지."

"기다리다니? 무얼?"

"해가 지길 기다려야지."

너는 처음에는 매우 놀란 것 같았지만 이내 자기 말이 우스운 듯 웃음을 터트렸지. 그러고는 나에게 이렇게 말했어.

"아직도 집에 있는 것만 같아!"

그럴 수 있는 일이었다. 모두가 알고 있듯이 미국에서 정오일 때

프랑스에서는 해가 진다.

프랑스로 단번에 날아갈 수만 있다면 정오에 해가 지는 것을 보러 갈 수 있을 것이다. 하지만 불행하게도 프랑스는 너무 멀리 있다. 그러나 너의 조그만 별에서는 의자를 몇 발자국 뒤로 옮겨 놓기만 하면 되겠지. 그래서 원할 때면 언제나 날이 저물고 땅거미가 지는 것을 볼 수 있었지.

"어느 날은 해가 지는 것을 마흔세 번이나 보았어!"

그러고는 잠시 후 너는 다시 말했지.

"몹시 슬플 때는 해가 지는 모습이 보고 싶어지잖아."

"해 지는 것을 마흔세 번이나 본 날, 너는 그렇게 슬펐니?"

하지만 어린 왕자는 대답하지 않았다.

7장

 다섯째 되는 날, 늘 그렇듯이 역시 양 덕분에 어린 왕자 생활의 비밀을 알게 되었다. 그가 불쑥, 혼자 오랫동안 어떤 문제에 대해 고심한 끝에 튀어나온 말인 듯 나에게 물었다.
"양 말이야. 작은 나무를 먹는다면 꽃도 먹겠지?"
"양은 닥치는 대로 다 먹어."
"가시가 있는 꽃이라도?"
"그럼 가시가 있는 꽃도 먹고말고."
"그럼 가시는 어디에 사용되지?"
 나 역시 그건 알지 못했다. 그때 나는 엔진에 꽉 껴버린 볼트를 빼내느라 정신이 없었다. 비행기의 고장이 심각해 보였기 때문에 매우 걱정스러웠다. 게다가 마실 물이 바닥을 드러내고 있어 최악의 사태가 닥칠 것이 두려웠다.

"가시는 무엇에 사용되는 것이지?"

어린 왕자는 한 번 질문을 하면 절대 포기한 적이 없었다. 나는 볼트 때문에 신경이 곤두서 있었으므로 생각나는 대로 아무렇게나 대답해 버렸다.

"가시는 아무 짝에도 소용이 없어. 꽃들이 괜히 심술을 부리는 거지!"

"그래!"

잠시 침묵이 흘렀다. 그러더니 어린 왕자는 원망스럽다는 듯이 내게 이렇게 쏘아붙였다.

"그 말은 믿을 수 없어! 꽃은 연약한 생명체야. 순진하고. 꽃들은 그들이 할 수 있는 최선의 방식으로 자신을 보호하는 거야. 가시가 있으면 무서운 존재가 되는 줄로 믿는 거야."

나는 대답하지 않았다. 그 순간 나는 "이 볼트가 계속 버티면 망치로 두들겨 튀어나오게 해야지." 하고 생각하고 있었다. 어린 왕자가 또다시 내 생각을 방해했다.

"그럼 아저씨 생각에는 정말 꽃들이…."

"이제 그만해 둬!" 내가 소리쳤다. "됐어, 됐다고! 난 아무래도 좋아. 그저 되는 대로 대답했을 뿐이야. 내가 중대한 일로 무척 바쁜 게 안 보이니!"

어린 왕자는 깜짝 놀라서 나를 바라보았다.

"중대한 일이라고?"

망치를 손에 들고 손가락은 시커멓게 기름투성이가 되어 매우 흉측해 보이는 물체 위로 몸을 구부리고 있는 내 모습을 그는

바라보고 있었다.

"아저씨는 어른들처럼 말하고 있잖아!"

그 말에 나는 조금 부끄러워졌다. 하지만 그는 사정없이 말을 이어갔다.

"아저씨는 모든 걸 혼동하고 있어…. 모든 걸 혼동하고 있다고…."

그는 정말 화가 나 있었다. 그의 금빛 머리카락이 바람에 흩날리고 있었다.

"시뻘건 얼굴을 한 신사가 살고 있는 별을 알고 있어. 그 신사는 한 번도 꽃향기를 맡아본 적이 없어. 별을 본 적도 없고 누군가를 사랑해 본 적도 없지. 그는 그저 계산만 하며 살아왔어. 그래서 하루 종일 아저씨처럼 '나는 중대한 일을 하는 사람이야!'라는 말만 반복하지. 자만으로 가득 차 있어. 하지만 그는 사람이 아니야. 버섯이지!"

"뭐라고?"

"버섯이라고!"

어린 왕자는 이제 분노로 얼굴이 하얗게 질려 있었다.

"수백만 년 전부터 꽃들은 가시를 만들고 있어. 수백만 년 동안 양들은 똑같이 꽃을 먹어 왔고. 그런데도 내가 꽃들이 아무 소용도 없는 가시를 만드느라 왜 그렇게 애를 쓰는지 알고 싶어 하는 것은 중대한 일이 아니라는 거지? 양과 꽃들의 전쟁은 중요하지 않아? 시뻘건 얼굴의 뚱뚱한 신사가 하는 계산보다 이게 더 중요하지 않다고? 그래서 이 세상 어디에서도 자라지 않고 오직 나의 별에만 있는 특별한 한 송이 꽃을 어린 양이 어느 날 아침에 무심코 먹어 버릴 수도 있다는 건 중요하게 생각하지 않는다는 거지!"

말을 할수록 하얗던 얼굴이 새빨개지고 있었다.

"수백만 개의 별 가운데 오직 한 송이밖에 피지 않는 꽃을 사랑하는 사람은 그저 별들을 바라보고 있는 것만으로도 충분히 행복할 수 있는 거야. 마음속으로 '저기 어딘가에 내 꽃이 있겠지.' 하고 생각할 수 있거든. 하지만 양이 그 꽃을 먹어 버리면 한순간에 그의 별들이 모두 사라져 버리는 거야. 그런데 이것이 중요하지 않단 말이야!"

그는 갑자기 흐느끼는 바람에 더 이상 말을 잇지 못했다.

밤이 찾아왔다. 나는 손에서 연장을 내려놓았다. 망치도, 볼트도, 목마름도, 죽음도 모두 우습게 생각되었다. 어느 별, 어느 떠돌이별 위에 나의 별, 이 지구 위에 위로해 주어야 할 어린 왕자가 있었던 것이다. 나는 그를 꼭 껴안고 흔들어 주며 이렇게 말했다.

"네가 사랑하는 꽃은 위험하지 않아. 내가 네 양에게 굴레를 그려 줄게. 네 꽃 주변에 둘러칠 울타리도 그려 줄게. 그리고…"

나는 더 이상 무슨 말을 해야 할지 알 수 없었다. 나 자신이 무척 어색하고 서툴게 느껴졌다. 어떻게 그를 감동시키고 그의 마음을 다시 붙잡을 수 있을지 알 수 없었다.

눈물의 나라는 그처럼 신비로운 곳이다.

8장

 나는 곧 그 꽃에 대해 더 잘 알게 되었다. 어린 왕자의 별에 있는 꽃은 항상 아주 소박했다. 꽃잎은 달랑 한 장인데다 자리를 거의 차지하지 않았으며 아무도 귀찮게 하지 않았다. 어느 날 아침 풀 속에 나타났다가 밤이 되면 홀연히 사라져 버리곤 했다. 그런데 어느 날, 어딘지 모를 곳에서 날아온 씨앗에서 새싹이 돋아났다. 그리고 어린 왕자는 그의 별에 있는 다른 싹들과는 다른 이 작은 싹을 아주 유심히 관찰했다. 새로운 종류의 바오밥 나무일지도 모를 일이었다.

 그 작은 나무는 곧 성장을 멈추고 꽃을 피울 준비를 하기 시작했다.

 커다란 꽃봉오리가 처음 맺히는 것을 본 어린 왕자는 그 꽃에서 어떤 기적 같은 것이 나타나리라는 것을 단번에 느꼈다. 하지만

그 꽃은 녹색 방에 숨어 언제까지고 아름다워질 준비만 하고 있었다. 꽃은 세심하게 빛깔을 고르고 꽃잎을 하나씩 다듬었다. 꽃은 꽃양귀비처럼 헝클어진 모습으로 세상에 나가고 싶지 않았다. 꽃은 자신의 아름다움이 완전히 빛을 발할 때에야 비로소 세상에 나타나고 싶었다. 아! 정말 애교스러운 꽃이었다! 꽃의 신비스러운 몸단장은 며칠째 계속되었다.

그러던 어느 날 아침, 해가 떠오르는 시간에 맞춰 꽃이 갑자기 모습을 드러냈다.

그리고 이렇게 공들여 몸단장을 한 꽃은 하품을 하며 이렇게 말했다.

"아! 이제야 겨우 잠이 깼답니다. 용서해 주세요. 제 꽃잎이 온통 헝클어져 있네요…."

하지만 어린 왕자는 참지 못하고 찬사를 퍼부었다.

"아! 정말 아름답군요!"

"그렇죠? 그리고 전 해와 같은 시간에 태어났답니다." 꽃이 대답했다.

어린 왕자는 그 꽃이 그다지 겸손하지 않다는 것을 쉽게 알아챘다. 하지만 그 꽃은 너무나도 감동적이고 흥미롭지 않은가!

"아침식사 시간이네요." 잠시 후 꽃이 덧붙였다. "제게 필요한 것을 생각해 주실 수 있으실는지요."

그래서 어린 왕자는 완전히 당황하여 신선한 물이 담긴 물뿌리개를 찾아 그 꽃을 돌보아 주었다.

이렇게 그 꽃은 태어나자마자 까다로운 허영심으로 어린 왕자를 괴롭히기 시작했다. 예를 들어 어느 날은 자기가 가진 네 개의 가시에 대해 이야기하면서 어린 왕자에게 이렇게 말했다.
"호랑이들이 발톱을 세우고 덤벼도 끄떡없어요!"
"우리 별에는 호랑이가 없어요." 어린 왕자가 항의했다. "그리고 호랑이들은 풀을 먹지도 않고요."
"저는 풀이 아니에요." 꽃이 상냥하게 대답했다.
"미안해요…."
"난 호랑이는 조금도 무섭지 않지만 바람은 질색이랍니다. 바람막이를 가지고 있으세요?"
'바람은 질색이라… 식물로서는 참 안된 일이군. 이 꽃은 아주 까다로운 식물이야.' 하고 어린 왕자는 혼자 생각했다.
"밤에는 나에게 유리 덮개를 씌워 주세요. 당신이 살고 있는 이곳은 너무 추워요. 내가 살던 곳은…."
하지만 꽃은 말을 잇지 못했다. 그 꽃은 씨앗 형태로 온 것이다. 그러니 다른 세상에 대해 아는 게 있을 리 없었다. 그런 뻔한 거짓말을 하려다 들통난 것이 부끄러워진 꽃은 어린 왕자를 탓하기 위해 두세 번 기침을 했다.
"바람막이는요?"
"찾아보려던 참이었는데 당신이 말을 계속했잖아요…."
그러자 꽃은 그래도 어린 왕자가 가책을 느끼게 하려고 조금 더 심하게 기침을 했다.
그리하여 어린 왕자는 진심에서 우러난 호의를 가지고 있음에도 불구하고 곧 꽃을 의심하기에 이르렀다. 그는 중요하지 않은 말들을 심각하게 받아들이고는 몹시 불행해졌다.

"꽃의 얘기에 귀 기울이지 말았어야 했어." 어느 날 어린 왕자는 내게 이렇게 털어놓았다. "꽃들의 말에는 절대 귀를 기울여서는 안 돼. 그저 바라보고 향기를 맡기만 하면 돼. 내 꽃은 내 별을 온통 향기로 뒤덮었어. 하지만 나는 그것을 즐길 줄 몰랐어. 그 발톱 이야기에 눈살을 찌푸렸지만 실은 측은해했어야 옳았던 거야."

그는 또 이렇게도 말했다.

"사실 나는 그때 아무것도 이해할 줄 몰랐어! 그 꽃의 말이 아니라 행동을 보고 판단했어야 했어. 그 꽃은 내게 향기를 풍겨 주고 마음을 환하게 해 주었어. 절대 도망치지 말았어야 하는 건데… 그 가련한 거짓말 뒤에 애정이 숨어 있다는 걸 눈치챘어야 했어. 꽃들은 그토록 모순된 존재들이거든! 하지만 난 너무 어려서 그 꽃을 사랑할 줄을 몰랐던 거야."

9장

 나는 어린 왕자가 철새들의 이동을 이용하여 자신의 별을 떠났으리라 생각한다. 떠나는 날 아침, 그는 자신의 별을 깔끔하게 정돈해 놓았다. 불을 뿜는 화산들을 조심스럽게 청소했다. 그에게는 불을 뿜는 화산이 두 개 있었는데, 아침밥을 데울 때 매우 편리했다. 불이 꺼져 있는 화산도 하나 있었다. 하지만 그의 말처럼 '어떻게 될지 아무도 모르는 일이었다!' 그래서 그는 불이 꺼져 있는 화산도 똑같이 청소했다. 청소가 잘되어 있으면 화산들은 폭발하지 않고 천천히 꾸준하게 타오른다. 화산 폭발은 벽난로의 불과 마찬가지인 것이다.
 물론 지구에 사는 우리는 너무 작아 화산을 청소할 수 없다.
 화산이 끝없이 우리를 곤란하게 만드는 이유가 바로 이것이다.
 어린 왕자는 조금 서글픈 심정으로 바오밥 나무의 마지막 싹들도 뽑아냈다. 그는 결코 돌아오지 않으리라 생각하고 있었다. 그런데 그날 아침, 친숙한 모든 일들이 그에게는 매우 소중하게 느껴졌다.

 그래서 마지막으로 꽃에 물을 주고 유리 덮개를 씌워 주려는 순간, 그는 거의 눈물을 흘릴 뻔했다.

"잘 있어요." 그는 꽃에게 말했다.
하지만 꽃은 대답하지 않았다.
"잘 있어요." 그가 되풀이했다.
꽃은 기침을 했다. 하지만 그것은 감기 때문이 아니었다.

"내가 어리석었어요. 용서해 줘요. 행복해지세요…." 마침내 꽃이 말했다.

비난이 섞이지 않은 이 말에 어린 왕자는 깜짝 놀랐다. 그는 유리 덮개를 공중에 든 채 어쩔 줄 모르고 멍하니 서 있었다. 꽃의 이 차분한 다정함을 이해할 수 없었다.

"물론 난 당신을 좋아해요. 당신이 그걸 전혀 몰랐던 것은 다 내 잘못이에요. 아무래도 좋아요. 하지만 당신도 나만큼 어리석었어요. 행복해지세요…. 유리 덮개는 내버려 둬요. 그런 건 더 이상 필요 없으니까."

"하지만 바람이…."

"내 감기는 그렇게 심한 게 아니에요…. 선선한 밤공기가 내게 더 좋을 거예요. 나는 꽃이니까요."

"하지만 짐승들이…."

"나비와 친해지려면 두세 마리의 애벌레쯤은 견뎌야지요. 나비는 무척 아름다운 것 같던데요. 나비나 애벌레가 아니면 누가 나를 찾아 주겠어요? 당신은 멀리 가버릴 거잖아요. 커다란 짐승들은 하나도 무섭지 않아요. 내겐 손톱이 있으니까요."

그러면서 꽃은 천진난만하게 네 개의 가시를 보여 주었다. 그러고는 이렇게 덧붙였다.

"그렇게 우물쭈물하지 마세요. 떠나기로 결심했잖아요. 어서 가세요!"

꽃은 울고 있는 자신의 모습을 그에게 보이고 싶지 않았다. 그만큼 자존심이 강한 꽃이었다….

10장

 그는 소행성 325호, 326호, 327호, 328호, 329호, 330호와 이웃해 있었다. 그래서 견문을 넓히기 위해 그 별들부터 찾아가기로 했다.

 첫 번째 별에는 왕이 살고 있었다. 푸르스름한 자줏빛 천과 흰 모피로 된 옷을 입은 왕은 검소하면서도 위엄 있는 모습으로 왕좌에 앉아 있었다.

 "아! 신하가 한 명 왔구나." 어린 왕자가 오는 것을 보고 왕이 소리쳤다.

 어린 왕자는 혼자 생각했다.

 "나를 한 번도 본 적이 없는데 어떻게 나를 알아볼까?"

 왕에게는 세상이 아주 간단하다는 것을 어린 왕자는 알지 못했다. 왕에게는 모든 사람이 신하인 것이다.

"내가 더 잘 볼 수 있게 가까이 오라." 누군가에게 왕 노릇을 하게 된 것이 몹시 자랑스러워진 왕이 말했다.

어린 왕자는 앉을 자리를 찾아 주위를 둘러보았지만 그 별은 온통 왕의 화려한 모피 망토로 뒤덮여 있었다. 그래서 그는 그냥 서 있었다. 그리고 피곤해서 하품을 했다.

"왕의 면전에서 하품을 하는 것은 예의에 어긋난다. 하품을 금하노라." 왕이 말했다.

"저도 어쩔 수가 없어요. 하품을 참을 수가 없거든요. 오랫동안 여행을 해온 터라 잠을 전혀 못 잤어요…." 완전히 당황한 어린 왕자가 말했다.

"그렇다면 네게 명하나니 하품을 하도록 하라. 하품하는 것을 본 지도 여러 해가 되었구나. 하품하는 모습은 짐에게는 신기한 구경거리이니라. 자! 다시 하품을 하라! 명령이다."

"그렇게 말씀하시니 겁이 나서 더 이상 하품이 나오지 않습니다." 어린 왕자가 겸연쩍은 듯 중얼거렸다.

"에헴! 에헴! 그렇다면 짐이… 짐이 명하나니 어떤 때는 하품을 하고 어떤 때는…." 왕은 약간 더듬거리며 말했다. 약이 오른 것 같았다.

왜냐하면 그 왕은 무엇보다 자신의 권위가 존중되기를 바라고 있었기 때문이었다. 불복종이란 있을 수 없는 일이었다. 그는 절대 군주였다. 하지만 그는 매우 선량한 사람이었기 때문에 합리적인 명령을 내리는 것이었다.

한 예로 왕은 이렇게 말하곤 했다. "만약 짐이 어떤 장군에게

바닷새로 변하라고 명령했는데 그 장군이 명령에 따르지 않는다면 그것은 장군의 잘못이 아니라 짐의 잘못이니라."

"앉아도 될까요?" 어린 왕자가 조심스럽게 물었다.

"네게 앉기를 명하노라." 왕은 흰 모피 망토 자락을 위엄 있게 걷어 올리며 대답했다.

하지만 어린 왕자는 의아해하고 있었다…. 그 별은 아주 조그마했다. 이 왕은 정말 무엇을 다스리는 것일까?

"폐하, 한 가지 여쭤 봐도 될까요?"

"네게 명하나니 질문을 하라." 왕은 어린 왕자에게 서둘러 말했다.

"폐하, 폐하는 무엇을 다스리고 계신지요?"

"모든 것을 다스리노라." 왕은 무척 간단하게 대답했다.

"모든 것을요?"

왕은 신중한 몸짓으로 자신의 별과 다른 별들, 떠돌이별들을 가리켰다.

"그 모든 것을요?" 어린 왕자가 물었다.

"그 모든 것을 다스리노라." 왕이 대답했다.

그는 절대 군주였을 뿐만 아니라 온 우주의 군주이기도 했던 것이다.

"그럼 저 별들도 폐하께 복종하나요?"

"물론 그러하다. 즉각 복종하노라. 불복종하는 것을 짐은 허용하지 않느니라."

그러한 권력에 어린 왕자는 경탄했다. 만약 그에게도 이런 완벽한 권한이 있었다면 의자를 움직이지 않고도 하루에 마흔네 번이 아니라, 일흔두 번, 아니 백 번, 이백 번까지 해 지는 것을 볼 수 있었을 것이다. 자신이 버리고 온 작은 별을 생각하자 조금 슬퍼진 왕자는 용기를 내어 왕에게 부탁을 드려 보았다.

"저는 해가 지는 것을 보고 싶습니다…. 저의 소원을 들어주십시오…. 해가 지도록 명령해 주세요…."

"짐이 어떤 장군에게 나비처럼 이 꽃에서 저 꽃으로 날아다닐 것을 명령하거나 비극 작품을 한 편 쓰라고 명령하거나 바닷새로 변하도록 명령했는데 그 장군이 명령을 실행하지 않는다면 우리 중 누구의 잘못일까? 장군의 잘못일까, 짐의 잘못일까?" 왕이 물었다.

"폐하의 잘못이지요." 어린 왕자가 자신 있게 말했다.

"그렇다. 누구에게든 그가 이행할 수 있는 것을 요구해야 하는 법이니라. 권위는 무엇보다도 이성에 근거를 두어야 하느니라. 만일 네가 백성들에게 바다에 뛰어들라고 명령한다면 백성들은 혁명을 일으킬 것이다. 내가 복종을 요구할 권한을 갖는 것은 내 명령이 이치에 맞는 까닭이다."

"그렇다면 해가 지는 것을 보게 해 달라고 한 것은요?" 한 번 한 질문은 절대 잊어버리지 않는 어린 왕자가 일깨웠다.

"해가 지는 것을 보게 해 주겠노라. 짐이 명령하겠노라. 하지만 조건이 갖추어질 때까지 기다려야 하느니라."

"언제 그렇게 되나요?" 어린 왕자가 물었다.

"에헴! 에헴!" 왕이 대답했다. 그리고 말을 잇기 전에 커다란 책력을 들여다보았다. "에헴! 에헴! 대략… 오늘 저녁 일곱 시 사십 분이니라! 짐의 명령이 얼마나 잘 이행되는지 보게 될 것이다." 어린 왕자는 하품을 했다. 해 지는 것을 못 보게 된 것이 섭섭했다. 그리고 그는 벌써 조금 지루해지고 있었다.

"저는 이제 여기서 더 이상 할 일이 없군요. 다시 떠나도록 하겠습니다."

"가지 말라." 신하를 갖게 된 것이 매우 자랑스러운 왕이 말했다. "가지 말라. 너를 대신으로 삼겠노라!"

"무슨 대신이요?"

"저… 사법대신이노라!"

"하지만 재판 받을 사람이 아무도 없는데요!"

"그건 모를 일이지. 짐은 아직 짐의 왕국을 다 돌아보지 못했노라. 짐은 매우 연로한데 이곳에는 사륜마차를 둘 자리도 없고 걸어 다니자니 피곤하구나."

"예, 제가 이미 둘러보았어요!" 어린 왕자는 몸을 돌려 별의 반대쪽을 다시 한 번 바라보며 말했다. "저쪽에도 이쪽처럼 아무도 없는데요…."

"그렇다면 너 자신을 심판하라. 그것이 가장 어려운 일이니라. 다른 사람을 심판하는 것보다 자신을 심판하는 것이 훨씬 더 어려운 법이니라. 네가 너 스스로를 훌륭히 심판할 수 있다면 너는 참으로 지혜로운 사람이니라."

"예. 하지만 저는 어디서든 저를 심판할 수 있어요. 굳이 이 별에 살 필요는 없습니다."

"에헴! 에헴! 내 별에 늙은 쥐 한 마리가 있는 것으로 알고 있다. 밤마다 그 소리가 들리느니라. 그 늙은 쥐를 심판하라. 때때로 그 쥐에게 사형 선고를 내리거라. 그러면 그의 생명이 너의 심판에 달려 있게 될 것이다. 하지만 매번 사면하여 그를 아끼도록 하라. 단 한 마리밖에 없는 까닭이니라."

"저는 사형 선고를 내리는 것은 싫습니다. 아무래도 가야겠습니다."

"가지 마라." 왕이 말했다.

어린 왕자는 떠날 준비를 끝마쳤지만 늙은 왕을 슬프게 하고 싶지는 않았다.

"폐하의 명령이 바로 이행되길 바라신다면 이치에 맞는 명령을 내려 주셔야 합니다. 예를 들면 일 분 내로 떠나도록 명령하실 수 있으시잖아요. 지금 조건이 좋은 것 같습니다…."

왕이 아무런 대답도 하지 않자 어린 왕자는 잠시 머뭇거리다가 한숨을 내쉬고는 길을 떠났다.

"너를 내 대사로 명하노라." 왕이 황급히 외쳤다.

그는 매우 위엄 있는 표정을 하고 있었다.

'어른들은 정말 이상해.' 어린 왕자는 여행을 계속하면서 속으로 중얼거렸다.

11장

두 번째 별에는 자만심에 빠진 사람이 살고 있었다.

"아! 나를 찬양하는 사람이 찾아오는군!" 어린 왕자가 오는 것을 보자마자 자만심에 가득 찬 사람이 멀리에서 소리쳤다.

자만심에 가득 찬 사람들에게는 다른 사람은 모두 자기를 찬양해 주는 사람들인 것이다.

"안녕하세요. 기묘한 모자를 쓰고 계시는군요." 어린 왕자가 말했다.

"답례용 모자지. 사람들이 내게 환호를 보낼 때 답례로 들어올리기 위한 거야. 그런데 불행하게도 아무도 이리로 지나가지 않아."

"예?" 무슨 말인지 이해하지 못한 어린 왕자가 말했다.

"두 손을 마주쳐 봐." 자만심에 가득 찬 사람이 가르쳐 주었다.

55

어린 왕자는 두 손을 마주쳤다. 자만심 많은 사람은 모자를 들어 올리며 점잖게 답례했다.

'왕을 방문할 때보다 더 재미있는걸.' 어린 왕자가 속으로 중얼거렸다. 그리고 다시 한 번 두 손을 마주쳤다. 자만심 많은 사람은 다시 모자를 들어 올리며 답례했다.

5분쯤 이러기를 되풀이하다 보니 어린 왕자는 이 단조로운 놀이에 싫증이 나기 시작했다.

"모자를 내리게 하려면 어떻게 해야 하죠?" 어린 왕자가 물었다.

그러나 자만심 많은 사람은 그의 말을 듣지 않았다. 자만심 많은 사람들은 오로지 찬양의 말만 듣는 법이다.

"너는 정말 나를 찬양하지?" 그가 어린 왕자에게 물었다.

"찬양한다는 게 뭔데요?"

"찬양한다는 건 내가 이 별에서 가장 잘생겼고 옷을 가장 잘 입고 가장 부자이며 가장 똑똑하다고 인정해 주는 거지."

"하지만 이 별에는 아저씨밖에 없잖아요!"

"나를 기쁘게 해줘. 나를 찬양해 줘."

"아저씨를 찬양해요. 그런데 그게 아저씨에게 무슨 상관이 있죠?" 어린 왕자는 어깨를 조금 들썩하면서 말했다.

그리고 어린 왕자는 그 별을 떠났다.

'어른들은 확실히 정말 이상하군.' 어린 왕자는 여행을 계속하면서 속으로 중얼거렸다.

12장

 다음 별에는 술주정뱅이가 살고 있었다. 그 별에는 그저 잠시 들른 것뿐이었지만 어린 왕자를 크게 낙담시켰다.
 "거기서 무얼 하고 있어요?" 빈 병 한 무더기와 술이 가득 차 있는 병 한 무더기를 앞에 놓고 말없이 앉아 있는 술주정뱅이를 보고 어린 왕자가 말했다.
 "술을 마시고 있지." 술주정뱅이가 침울한 표정으로 대답했다.
 "왜 술을 마셔요?" 어린 왕자가 물었다.
 "잊기 위해서야." 술주정뱅이가 답했다.
 "무엇을 잊기 위해서요?" 이미 그가 측은해진 어린 왕자가 물었다.
 "부끄럽다는 걸 잊기 위해서야." 술주정뱅이가 머리를 숙이며 대답했다.

"무엇이 부끄러운데요?" 그를 돕고 싶었던 어린 왕자가 캐물었다.

"술을 마시는 게 부끄러워!" 술주정뱅이는 이렇게 말하고는 입을 꾹 다물어 버렸다.

어린 왕자는 어리둥절해하며 그 별을 떠났다.

'어른들은 분명 정말 정말 이상해.' 그가 여행을 계속하며 속으로 중얼거렸다.

13장

 네 번째 별은 실업가의 별이었다. 이 사람은 어찌나 바쁜지 어린 왕자가 도착했을 때에도 고개조차 들지 않았다.
 "안녕하세요. 담뱃불이 꺼졌군요." 어린 왕자가 말했다.
 "셋에다 둘을 더하면 다섯. 다섯에 일곱을 더하면 열둘. 열둘에 셋을 더하면 열다섯. 안녕. 열다섯에 일곱을 더하면 스물둘. 스물둘에 여섯을 더하면 스물여덟. 다시 담뱃불을 붙일 시간이 없어. 스물여섯에 다섯을 더하면 서른하나. 휴우! 그래서 오억 일백육십이만 이천칠백삼십 일이 되는구나."
 "뭐가 오억이에요?" 어린 왕자가 물었다.
 "응? 너 아직도 거기에 있니? 오억 일백… 도저히 틈을 낼 수가 없구나. 할 일이 너무 많아! 나는 중대한 일을 하는 사람이야. 허튼소리로 노닥거릴 시간이 없어. 둘에다 다섯을 더하면 일곱…."

"뭐가 오억 일백만인데요?" 지금껏 한 번 한 질문은 절대로 포기한 적이 없는 어린 왕자가 다시 물었다.

실업가는 고개를 들었다.

"이 별에서 54년 동안 살면서 딱 세 번 방해를 받았어. 첫 번째는 22년 전, 어디서 왔는지도 모르는 웬 풍뎅이가 날 방해했어. 그것이 어찌나 요란한 소리를 내며 사방에 울려 퍼지던지 계산이 네 군데나 틀렸었지. 두 번째는 십일 년 전이었는데 내 신경통 때문이었어. 나는 운동을 잘하지 않거든. 산보할 시간이 없으니까. 세 번째는 바로 지금이야! 가만있자, 그러니까 오억 일백만이었겠다."

"뭐가 오억 일백만이라는 거예요?"

실업가는 문득 이 질문에 대답하기 전에는 조용히 일하기가 글렀다는 것을 깨달았다.

"때때로 하늘에 보이는 이 작은 것들 말이야."

"파리?"

"아니. 반짝거리는 작은 것들."

"꿀벌?"

"아니야. 게으름뱅이들을 멍청한 공상에 잠기게 만드는 금빛 나는 작은 것들 말이야. 한데 난 중대한 일을 하는 사람이거든. 공상에 잠길 시간이 없어."

"아! 별들 말이에요?"

"그래, 맞아. 별이야."

"그런데 오억 일백만 개의 별을 가지고 무얼 하려고요?"

"오억 일백육십이만 이천칠백삼십일 개야. 나는 중대한 일을 하는 사람이라서 정확하지."

"그래서 이 별을 가지고 무얼 하는데요?"

"별을 가지고 무얼 하느냐고?"

"네."

"아무것도 안 해. 그것들을 소유하는 거지."

"별을 소유한다고요?"

"그래."

"하지만 내가 전에 본 어떤 왕은…."

"왕은 소유하지 않아. 다스리는 거지. 그건 아주 다른 얘기야."

"그럼 별을 소유하는 게 아저씨에게 무슨 소용이 있어요?"

"부자가 되게 해주지."

"부자가 되는 게 무슨 소용이 있어요?"

"더 많은 별들을 살 수가 있지. 내가 발견만 한다면 말이야."

'이 사람도 가엾은 술주정뱅이처럼 말하고 있군.' 어린 왕자는 속으로 중얼거렸다.

그렇지만 질문은 계속했다.

"별들을 어떻게 소유할 수 있어요?"

"별들이 누구 거지?" 실업가가 짜증을 내며 물었다.

"모르겠어요. 누구의 것도 아니겠지요."

"그렇다면 내 것이지. 내가 제일 먼저 그렇게 생각했으니까."

"그러면 아저씨 것이 되는 거예요?"

"물론이지. 네가 주인이 없는 다이아몬드를 찾으면 그건 네 것

이 되는 거야. 네가 임자 없는 섬을 발견하면 그건 네 소유가 되는 거고. 누구보다 먼저 네가 어떤 생각을 해내면 네가 그것에 대한 특허를 받는 거야. 그럼 그것이 네 소유가 되는 것이지. 나는 별들을 소유하고 있어. 왜냐하면 나보다 먼저 그것들을 소유할 생각을 한 사람이 아무도 없으니까."

"하긴, 그러네요. 그래서 아저씨는 별을 가지고 무얼 해요?"

"그것들을 관리하지. 세어 보고 또 세어 보고 하지. 어려운 일이야. 하지만 나는 본래 중대한 일에 관심이 많은 사람이거든."

어린 왕자는 여전히 흡족해하지 않았다.

"내가 실크 머플러를 가지고 있다면 그것을 목에 두르고 다닐 수가 있어요. 또 꽃을 소유하고 있으면 그 꽃을 꺾어 가지고 다닐 수 있고요. 하지만 하늘에 있는 별은 꺾을 수가 없잖아요."

"그럴 수는 없지. 하지만 은행에 맡길 수는 있지."

"그게 무슨 말이에요?"

"작은 종이에다가 내 별들의 숫자를 적고 그 종이를 서랍에 넣어 잠근단 말이야."

"그리고 그뿐이에요?"

"그거면 충분하지." 실업가가 말했다.

'그거 재미있는데. 제법 시적이고. 하지만 전혀 중대한 일은 아니군.' 어린 왕자는 생각했다.

어린 왕자는 중대한 일에 대해서 어른들과 매우 다른 생각을 하고 있었다.

"저는 꽃을 한 송이 소유하고 있는데 매일 물을 줘요. 화산도

세 개 가지고 있는데 매주 청소하고요. 불이 꺼진 화산 하나도 청소해 주니까 세 개란 말이에요. 언제 어떻게 될지 아무도 모르는 일이니까요. 내가 그들을 소유하는 건 내 화산들에게나 내 꽃에게 유익한 일이에요. 하지만 아저씨는 별들에게 하나도 유익하지 않잖아요…."

실업가는 입을 열었지만 대답할 말을 찾지 못했다.

그리고 어린 왕자는 길을 떠났다.

'어른들은 모두 하나같이 이상야릇하군.' 어린 왕자는 계속 여행하면서 속으로 중얼거릴 뿐이었다.

14장

 다섯 번째 별은 무척 별난 곳이었다. 그것은 모든 별들 중에서 가장 작은 별이었다. 가로등 하나와 가로등 켜는 사람이 있을 자리밖에 없었다. 사람도 한 명 없고 집 한 채도 보이지 않는 이 별에서 도대체 가로등과 가로등 켜는 사람이 무슨 소용이 있는 것인지 어린 왕자는 이해할 수 없었다.
 하지만 그는 속으로 중얼거렸다.
 '이 사람은 어리석은 사람일지도 몰라. 그래도 왕이나 자만심 많은 사람, 실업가, 술주정뱅이만큼 어리석지는 않겠지. 적어도 그가 하는 일은 어떤 의미가 있으니까. 가로등을 켤 때는 별 하나, 꽃 하나를 더 태어나게 하는 거나 마찬가지야. 그가 가로등을 끄면 꽃이나 별은 잠이 들 테고. 아름다운 직업이군. 아름다우니까 정말 유익한 일이지.'

어린 왕자는 별에 도착해 가로등 켜는 사람에게 공손하게 인사했다.

"안녕하세요. 왜 가로등을 막 껐어요?"

"그건 명령이야. 안녕." 가로등 켜는 사람이 대답했다.

"명령이 뭔데요?"

"내 가로등을 끄는 거지. 잘 자."

그리고 그는 다시 가로등을 켰다.

"그런데 왜 지금 막 불을 다시 켰어요?"

"명령이야."

"이해가 안 돼요." 어린 왕자가 말했다.

"이해할 건 아무것도 없어. 명령은 명령이니까. 안녕."

그리고 가로등을 껐다. 그러더니 붉은 바둑판무늬의 손수건으로 이마의 땀을 훔쳤다.

"난 정말 고된 작업을 택했어. 예전에는 무리가 없었는데. 아침에 불을 끄고 저녁에 다시 켰었지. 나머지 낮에는 쉬고 나머지 밤에는 잠을 잤지."

"그 후 명령이 바뀌었나요?"

"명령은 바뀌지 않았어. 그게 문제지! 해가 갈수록 이 별은 더 빨리 돌고 있는데 명령은 바뀌지 않았단 말이야!"

"그래서요?" 어린 왕자가 물었다.

"그래서 이제 이 별은 1분마다 한 바퀴씩 돌고 있기 때문에 나는 단 1초도 쉴 수가 없는 거야. 1분마다 불을 켰다가 껐다가 해야 하거든."

"그거 참 이상하네요! 아저씨네 별에선 하루가 1분이라니!"

"전혀 이상하지 않아! 우리가 이야기를 하는 동안 벌써 한 달이 지났어."

"한 달이요?"

"그래, 한 달. 30분이니까 30일이지. 잘 자."

그리고 그는 다시 불을 켰다.

어린 왕자는 그를 바라보면서, 자신의 명령에 그토록 충실한 이 가로등 켜는 사람이 좋아졌음을 알았다. 그저 의자를 뒤로 물리면서 해 지는 광경을 보고 싶어 했던 지난날들이 생각났다. 그는 그 친구를 도와주고 싶었다. "쉬고 싶을 때 언제든 쉴 수 있는 방법을 알려 줄게요."

"난 항상 쉬고 싶지." 가로등 켜는 사람이 말했다.

사람은 성실하면서도 한편으로는 게으름을 피우고 싶을 수 있는 것이다. 어린 왕자는 계속 설명했다. "아저씨 별은 아주 작으니까 세 발자국이면 한 바퀴 돌 수 있잖아요. 항상 햇빛을 받으려면 천천히 걸어가기만 하면 돼요. 쉬고 싶을 때는 걸어요. 원하는 만큼 하루가 길어질 거예요."

"그건 별 도움이 안 되겠는걸. 내가 무엇보다 좋아하는 건 잠을 자는 거니까." 가로등 켜는 사람이 말했다.

"그렇다면 안됐는걸요." 어린 왕자가 말했다.

"안된 일이지." 가로등 켜는 사람이 말했다. "안녕." 그는 불을 껐다.

'저 사람은 다른 사람들, 왕이나 자만심 많은 사람, 술주정뱅이, 실업가에게 멸시를 당할 테지. 그렇지만 우스꽝스럽게 보이지 않는 사람은 저 사람뿐이야. 아마도 저 사람이 자신이 아닌 다른 일에 몰두해 있기 때문일 거야.' 어린 왕자는 저 멀리로 여행을 계속하면서 혼자 중얼거렸다. 그는 섭섭해서 한숨을 내쉬며 다시 중얼거렸다.

'저 남자는 내가 친구로 삼을 수 있었던 유일한 사람이었는데. 하지만 그의 별은 정말 너무 작아. 두 사람이 있을 자리가 없네…'

어린 왕자가 무엇보다 이 별을 떠나는 것이 서운했던 것은 이 별이 매일 1,440번이나 해가 지는 축복을 가졌기 때문이었는데, 그는 차마 이 사실을 고백하지 못했다!

15장

 여섯 번째 별은 지난번 별보다 열 배나 더 큰 별이었다. 그곳에는 아주 큰 책을 쓰고 있는 늙은 신사가 한 명 살고 있었다.
 "아! 탐험가가 오는군!" 그는 어린 왕자가 오는 것을 보고 소리쳤다.
 어린 왕자는 책상 위에 앉아 조금 가쁜 숨을 내쉬었다. 벌써 너무나도 긴 여행을 했던 것이다!
 "넌 어디서 오는 거니?" 늙은 신사가 말했다.
 "이 큰 책은 뭐예요? 무얼 하고 있는 거예요?" 어린 왕자가 말했다.
 "난 지리학자란다." 늙은 신사가 말했다.
 "지리학자가 뭐예요?" 어린 왕자가 물었다.
 "모든 바다와 강, 도시, 산, 사막의 위치를 알고 있는 사람이지."

"그거 정말 재미있네요. 드디어 직업다운 직업을 가진 사람을 만났어요!" 어린 왕자는 지리학자의 별을 한번 둘러보았다. 그처럼 아름답고 장엄한 별은 본 적이 없었다.

"할아버지 별은 정말 아름답군요. 바다도 있나요?"

"그건 모르지." 지리학자가 대답했다.

"아!" 어린 왕자는 실망했다. "산은 있나요?"

"모른단다." 지리학자가 말했다.

"도시나 강, 사막은요?"

"그것도 모른단다."

"하지만 할아버지는 지리학자잖아요!"

"그렇지. 하지만 난 탐험가가 아니란다. 이 별에는 탐험가가 단 한 명도 없단다. 도시나 강, 산, 바다, 대양, 사막을 세러 다니는 건 지리학자가 할 일이 아니란다. 지리학자는 아주 중요한 사람이니까 한가롭게 돌아다닐 수가 없지. 지리학자는 책상을 떠날 수가 없어. 하지만 서재에서 탐험가들을 만나지. 탐험가들에게 질문을 하여 이들이 여행에서 기억하는 것을 기록하는 거야. 그리고 이중에 흥미로운 기억이 있다면 지리학자는 그 탐험가의 품성에 대해 조사하도록 시킨단다."

"그건 왜 그래요?"

"탐험가가 거짓말을 하면 지리학자의 책에 재난을 가져올 수 있으니까. 탐험가가 술을 너무 많이 마셔도 그렇지."

"그건 왜 그래요?" 어린 왕자가 물었다.

"술에 취한 사람에겐 무엇이든 둘로 보이거든. 그렇게 되면 지

리학자는 산이 하나밖에 없는 곳에 산 두 개를 기록하게 될지도 모르지."

"내가 아는 어떤 사람도 그런 나쁜 탐험가가 될 수 있겠군요."

"그럴 수도 있지. 그래서 탐험가의 품성이 좋다고 판단되면 그의 발견을 조사하도록 하는 거지."

"직접 가서 보나요?"

"아니. 그건 너무 번거로우니까. 대신 탐험가에게 증거를 제출하라고 요청하지. 예를 들어, 커다란 산을 발견하면 거기서 커다란 돌멩이를 가져오라고 요청하지."

지리학자는 갑자기 흥분했다.

"그런데 너는 멀리서 왔지! 너는 탐험가야! 너의 별에 대해 내게 설명해 봐!"

그러더니 지리학자는 큰 노트를 펴고 연필을 깎았다.

탐험가의 이야기를 처음에는 연필로 적고, 탐험가가 증거를 가져올 때까지 기다렸다가 증거를 가져오면 잉크로 적는 것이다.

"자! 시작해 볼까?" 지리학자가 기대에 차서 말했다.

"음. 제가 사는 별은 그다지 흥미롭지 않아요. 아주 작거든요. 화산이 셋 있어요. 두 개는 불을 내뿜는 화산이나 하나는 불이 꺼졌어요. 하지만 언제 어떻게 될지 아무도 모르는 일이죠."

"그래. 아무도 모르는 일이지." 지리학자가 말했다.

"제겐 꽃도 한 송이 있어요."

"꽃은 기록하지 않아." 지리학자가 말했다.

"왜요? 꽃은 우리 별에서 가장 예쁜 것인데요!"

"꽃은 기록하지 않아. 꽃은 일시적인 것이니까."

"'일시적'인 것이 뭐예요?"

"지리책은 모든 책들 중에서 가장 중요한 책이야. 유행에 뒤지는 법이 없지. 산의 위치가 바뀌는 일은 아주 드물거든. 바닷물이 말라 버리는 일도 거의 없지. 우리는 영원한 것들을 기록해."

"하지만 불이 꺼진 화산이 다시 깨어날 수도 있잖아요." 어린 왕자가 끼어들었다.

"'일시적'인 게 뭐예요?"

"화산이 꺼져 있든 깨어 있든 우리에게는 마찬가지야. 우리에게 중요한 것은 산이지. 산은 변하지 않거든."

"하지만 '일시적'인 것이 뭐예요?" 한 번 한 질문은 절대 포기한 적이 없는 어린 왕자가 또다시 물었다.

"곧 사라질 위험에 처해 있다는 뜻이지."

"꽃은 곧 사라질 위험에 처해 있나요?"

"물론이지."

'꽃은 일시적이구나. 세상으로부터 자신을 보호할 것이 가시 네 개밖에 없고. 그런 꽃을 별에 혼자 내버려 두고 왔어!' 어린 왕자는 혼자 중얼거렸다.

어린 왕자가 처음으로 후회한 순간이었다. 하지만 다시 한 번 용기를 냈다.

"제가 어디를 가보는 게 좋을까요?" 어린 왕자가 물었다.

"지구를 가보렴. 평판이 좋은 별이거든."

어린 왕자는 자신의 꽃을 생각하며 길을 떠났다.

16장

 이리하여 일곱 번째 별은 지구가 되었다.
 지구는 보통 별이 아니었다! 그곳에는 111명의 왕(물론 흑인 왕도 포함해서), 7천 명의 지리학자, 9십만 명의 실업가와 750만 명의 술주정뱅이, 3억 1,100만 명의 자만심 많은 사람들, 즉 20억 명쯤 되는 어른들이 살고 있었다.
 지구가 얼마나 큰가 하면 전기가 발명되기 전, 6대륙을 통틀어 46만 2,511명이나 되는 가로등 켜는 사람이 필요했다.
 그래서 조금 멀리 떨어진 곳에서 보면 눈부시게 빛나는 광경이 벌어졌다. 이 대부대의 움직임은 마치 오페라 발레단처럼 질서 정연했다. 맨 처음은 뉴질랜드와 오스트레일리아의 가로등 켜는 사람들 차례였다.
 가로등을 켜고 나면 이들은 자러 간다. 다음으로 중국과 시베

리아의 가로등 켜는 사람이 무대 위에 등장했다가 역시 손을 흔들며 무대 뒤로 사라진다. 그러고 나면 러시아와 인도의 가로등 켜는 사람들이 나타난다. 그 다음에는 아프리카와 유럽, 그 다음에는 남아메리카, 또 그 다음에는 북아메리카의 가로등 켜는 사람들이 차례로 나타났다. 그런데 그들은 무대 위에 나타나는 순서를 한 번도 실수한 적이 없었다. 그것은 굉장한 일이었다.

북극의 단 하나밖에 없는 가로등을 켜는 사람과 남극에 있는 단 하나밖에 없는 가로등을 켜는 그의 동료 – 이 두 사람만이 아무 할 일도 없고 걱정도 없이 지내고 있다. 그들은 일 년에 두 번 바쁠 뿐이었다.

17장

사람이 재치를 부리려다 보면 때로는 진실에서 조금 벗어날 수도 있다. 가로등 켜는 사람들에 대해 내가 한 이야기가 모두 정직한 것은 아니었다.

지구를 알지 못하는 사람들에게 지구에 대한 잘못된 생각을 심어줄 수도 있다는 것을 깨달았다. 사람들이 지구에서 차지하는 자리는 아주 작다. 지구에 사는 20억 사람들이 어떤 큰 집회에서처럼 모두 반듯이 서서 옹기종기 붙어 서 있다면 세로 20마일, 가로 20마일의 광장으로 충분할 것이다. 모든 사람들은 태평양의 한 작은 섬에 쌓아 놓을 수도 있을 것이다.

이런 말을 하면 어른들은 분명 믿지 않을 것이다. 그들은 자신들이 아주 많은 공간을 차지하고 있다고 생각한다. 이들은 자신들이 바오밥 나무만큼 중요하다고 믿는다. 그러니 이들에게 직접 계산을 해 보라고 일러 주어야 한다. 이들은 숫자를 무척 좋아하니까 아마 기뻐할 것이다. 하지만 이 문제를 푸느라 시간을 낭비할 필요는 없다. 그것은 쓸데없는 일이다. 내 말을 믿으면 된다.

어린 왕자가 지구에 도착했을 때, 사람이라곤 찾아볼 수 없어 매우 놀랐다. 그는 다른 별에 잘못 온 것은 아닌지 겁이 나기 시작했다. 그때 달빛을 띤 금빛 고리가 모래를 가로질러 휙 지나갔다.

"안녕." 어린 왕자가 공손하게 말했다.

"안녕." 뱀이 말했다.

"내가 도착한 이곳이 어떤 별이지?" 어린 왕자가 물었다.

"이곳은 지구야. 여기는 아프리카지." 뱀이 대답했다.

"아! 지구에는 사람이 한 명도 없니?"

"이곳은 사막이야. 사막에는 사람이 없어. 지구는 커다랗거든." 뱀이 말했다.

어린 왕자는 돌 위에 앉아 하늘을 바라보았다.

"언제고 각자가 다시 자기 별을 찾을 수 있도록 별들이 하늘에서 불을 밝히고 있는 것일지도 몰라…. 내 별을 봐. 우리 바로 위에 있어. 하지만 정말 멀리 있구나!"

"아름답다. 그런데 여기에 어떻게 왔니?"

"어떤 꽃하고 문제가 좀 있었어." 어린 왕자가 말했다.

"아!" 뱀이 말했다.

그리고 둘 다 말이 없었다.

"사람들은 어디에 있어? 사막은 조금 외롭구나…." 어린 왕자가 마침내 다시 말문을 열었다.

"사람들과 있어도 외롭기는 마찬가지야." 뱀이 말했다.

어린 왕자는 오랫동안 뱀을 바라보았다.

"넌 재미있는 동물이구나. 손가락보다도 가느다랗네."

"하지만 나는 왕의 손가락보다도 더 힘이 세단다." 뱀이 말했다.

어린 왕자가 미소를 지어 보였다.

"넌 힘이 세지 않아. 심지어 발도 없잖아. 여행을 할 수도 없어."

"나는 배보다 더 멀리 너를 데려다줄 수 있어." 뱀이 말했다.

그는 금팔찌처럼 어린 왕자의 발목에 자신의 몸을 칭칭 감았다.

"내가 건드리기만 하면 그 사람은 자신이 왔던 흙으로 다시 돌아가지. 하지만 넌 순수하고 진실된 데다가 다른 별에서 왔으니까…."

어린 왕자는 아무 대답도 하지 않았다.

"네가 측은해 보이는구나. 그렇게 연약한 몸으로 자갈투성이인 이 지구에 있으니 말이야. 언젠가 네 별이 몹시 그리워지면 내가 너를 도울 수 있을 거야. 난…."

"응! 아주 잘 알았어. 그런데 왜 계속 수수께끼 같은 말만 하니?"

"나는 그 모든 걸 해결할 수 있어." 뱀이 말했다.

그리고 그들은 둘 다 말이 없었다.

18장

 어린 왕자는 사막을 건너면서 오직 꽃 한 송이를 만났을 뿐이었다. 꽃잎이 세 장 있었는데 아주 보잘것없는 꽃이었다.
 "안녕." 어린 왕자가 말했다.
 "안녕." 꽃이 말했다.
 "사람들은 어디에 있지?" 어린 왕자가 정중하게 물었다.
 꽃은 언젠가 상인 무리가 지나가는 것을 본 적이 있었다.
 "사람들? 예닐곱 명쯤 있는 것 같아. 몇 해 전 그들을 보았거든. 하지만 그들이 어디 있는지는 알 수 없는 노릇이지. 그들은 바람을 타고 날아다니거든. 뿌리가 없어서 아주 어렵게 살고 있어."
 "안녕." 어린 왕자가 말했다.
 "안녕." 꽃이 말했다.

19장

 그 후 어린 왕자는 높은 산 위로 올라갔다. 그가 알고 있는 산이라고는 그의 무릎까지 오는 세 개의 화산이 전부였다. 불 꺼진 화산은 의자로 사용하곤 했다.
 '이렇게 높은 산에서는 이 별과 사람들을 모두 한눈에 볼 수 있을 거야.'
 하지만 보이는 것이라고는 바늘처럼 뾰족뾰족한 바위 꼭대기들뿐이었다.
 "안녕." 어린 왕자가 공손하게 말했다.
 "안녕… 안녕… 안녕." 메아리가 대답했다.
 "너는 누구니?" 어린 왕자가 말했다.
 "너는 누구니… 너는 누구니… 너는 누구니?" 메아리가 대답했다.

"내 친구가 되어줘. 나는 외로워." 어린 왕자가 말했다.
"나는 외로워… 외로워… 외로워."
메아리가 대답했다.
"참 괴상한 별이군! 메마르고
뾰족뾰족하고 거칠고 험악하고.
거기다 사람들은 상상력이란 전혀 없고
남이 한 말을 되풀이하다니….
내 별에는 꽃 한 송이가 있었지.
그 꽃은 항상 먼저 말을 걸어왔는데…."

20장

 하지만 모래와 바위와 눈 사이를 오랫동안 걸은 끝에 어린 왕자는 마침내 길을 하나 발견했다. 그리고 모든 길은 사람들이 있는 곳으로 이어지기 마련이다.
 "안녕." 어린 왕자가 말했다.
 그는 장미가 만개한 정원 앞에 서 있었다.
 "안녕." 장미꽃들이 말했다.
 어린 왕자는 꽃들을 바라보았다. 모두 그의 꽃과 비슷하게 생겼다.
 "너희들은 누구니?" 어린 왕자가 어안이 벙벙해 물었다.
 "우리는 장미꽃이야." 꽃들이 말했다.
 어린 왕자는 슬픔으로 가득 찼다. 그의 꽃은 온 우주에 자신과 같은 꽃은 단 하나뿐이라고 그에게 말했었다. 그런데 여기 한 정

원에만 비슷한 꽃들이 오천 송이나 있었다!

'내 꽃이 이걸 보면 무척 화를 낼 거야…. 기침을 몹시 해 대겠지. 그리고 비웃음을 당하지 않으려고 죽는 시늉을 하겠지. 그럼 난 간호하는 척하지 않을 수 없겠지. 그렇지 않으면 나를 이겨 먹기 위해 정말로 죽어 버릴지도 몰라.' 어린 왕자는 혼자 중얼거렸다.

그리고 이렇게 생각했다. '이 세상에서 유일한 꽃을 가져서 부자가 된 줄 알았더니 내가 가진 꽃은 그저 평범한 장미꽃일 뿐이잖아. 평범한 장미꽃 한 송이, 무릎까지 오는 화산 세 개, 그중 하나는 아마도 영원히 꺼져 있을 테고. 이런 것들로 내가 위대한 왕자가 될 수는 없어.'

그리고 그는 풀밭에 누워 울었다.

21장

여우가 나타난 것은 바로 그때였다.
"안녕." 여우가 말했다.
"안녕." 어린 왕자가 공손하게 대답하고 몸을 돌렸지만 아무것도 보이지 않았다.
"난 여기, 사과나무 밑에 있어." 목소리가 들려왔다.
"넌 누구니? 참 귀엽구나." 어린 왕자가 말했다.
"난 여우야." 여우가 말했다.
"와서 나와 함께 놀자. 난 아주 슬프거든." 어린 왕자가 제안했다.
"난 너와 놀 수 없어. 난 길들여지지 않거든." 여우가 말했다.
"아! 미안해." 어린 왕자가 말했다.
하지만 잠시 생각해 보더니 어린 왕자가 다시 말했다.
"'길들여진다'는 게 뭐야?"
"넌 여기 살지 않는구나. 넌 무얼 찾고 있니?"

"난 사람을 찾고 있어. '길들여진다'는 게 뭐야?"

"사람들은 총을 가지고 다니면서 사냥을 해. 아주 곤란한 일이지. 그들은 닭도 길러. 그게 그들의 유일한 관심사지. 넌 닭을 찾고 있니?"

"아니. 난 친구를 찾고 있어. '길들여진다'는 게 뭐야?"

"그건 소홀하기 쉬운 행동이야. 관계를 맺는다는 뜻이지."

"관계를 맺는다고?"

"그렇지. 나에게 너는 아직 수천 명의 다른 어린 소년들과 다를 바 없는 한 어린 소년에 지나지 않아. 그래서 난 너를 필요로 하지 않지. 너에게도 나는 필요치 않아. 난 너에게 수천 마리의 다른 여우와 같은 한 마리 여우일 뿐이야. 하지만 네가 나를 길들이면 우리는 서로를 필요로 하지. 너는 나에게 세상에 하나뿐인 존재가 되고, 나는 너에게 세상에 하나뿐인 존재가 될 거야."

"조금씩 이해가 되는 듯해." 어린 왕자가 말했다. "꽃 한 송이가 있는데… 그 꽃이 나를 길들인 것 같아…."

"그럴지도 모르지." 여우가 말했다. "지구에는 온갖 것들이 다 있으니까."

"아, 하지만 그건 지구에서가 아니야!" 어린 왕자가 말했다.

여우는 당혹스러워하면서도 매우 궁금해하는 눈치였다.

"다른 별에서?"

"그래."

"그 별에는 사냥꾼이 있니?"

"아니."

"아, 재미있는데! 닭은 있니?"

"아니."

"완벽한 곳이란 없군." 여우가 한숨을 내쉬었다.

하지만 여우는 하던 이야기를 다시 계속했다.

"내 생활은 너무 단조로워. 나는 닭을 쫓고 사람들은 나를 쫓지. 닭들은 모두 똑같고 사람들도 모두 똑같아. 그래서 난 조금 지루해. 하지만 네가 나를 길들인다면 내 생활에 빛이 비춰지는 것 같을 거야. 나는 다른 모든 발자국 소리와 너의 발자국 소리를 알게 되겠지. 다른 발자국 소리들은 나를 땅 밑으로 숨어들게 하겠지만 너의 발자국 소리는 마치 음악소리처럼 나를 굴 밖으로 불러낼 거야! 저기 있는 밀밭이 보이니? 난 빵은 먹지 않아. 밀은 내게 아무 쓸모가 없거든. 밀밭은 나와는 전혀 상관이 없는 곳이지. 그건 슬픈 일이야. 하지만 네 머리카락은 금빛이구나. 네가 나를 길들인다면 정말 근사할 거야! 밀은 금색이니까 너를 생각하게 할 거야. 그리고 나는 밀밭에서 들리는 바람 소리를 사랑하게 될 거야…"

여우는 오랫동안 어린 왕자를 쳐다보더니, "제발… 나를 길들여 줘!"라고 말했다.

"나도 정말 그러고 싶어. 하지만 난 시간이 별로 없어. 친구를 찾아야 하고 알아봐야 할 것도 너무 많아."

"우리는 우리가 길들이는 것들만 알 수 있어. 사람들은 이제 아무것도 알 시간이 없어졌어. 그들은 가게에서 이미 다 만들어져 있는 것들을 사지. 하지만 우정을 살 수 있는 가게는 어디에도 없어. 그러니 사람들은 더 이상 친구가 없는 거지. 네가 친구를 원한다면 나를 길들이렴…."

"너를 길들이려면 어떻게 해야 하지?" 어린 왕자가 물었다.

"넌 아주 인내심이 있어야 해." 여우가 대답했다. "먼저 나와 조금 떨어져서 이렇게 풀숲에 앉아 있어. 나는 너를 곁눈질로 쳐다볼 거야. 너는 아무 말도 하지 말으렴. 말은 오해를 낳거든. 그렇지만 매일 조금씩 나에게 더 가까이 다가앉아."

다음 날 어린 왕자가 다시 왔다.

"언제나 똑같은 시간에 오는 게 더 좋겠어." 여우가 말했다.

"예를 들어, 네가 오후 4시에 온다면 나는 3시부터 행복해지기 시작할 거야. 시간이 갈수록 난 점점 더 행복해지겠지. 벌써부터 안절부절못하며 이리저리 뛰어다니겠지. 너에게 내가 얼마나 행복한지 보여 주게 될 거야! 하지만 네가 아무 때나 오면 몇 시에 널 맞을 준비를 해야 할지 알 수 없게 되잖아…. 올바른 의식을 치러야만 해…."

"의식이 뭐야?" 어린 왕자가 물었다.

"그것도 소홀하기 쉬운 행동이야." 여우가 말했다. "그건 어느 하루를 다른 날들과 다르게 만들고 한 시간을 다른 시간과 다르게 만드는 거야. 예를 들면 사냥꾼들에게도 의식이 있어. 그들은 목요일마다 마을 처녀들과 춤을 추지. 그래서 토요일은 내게 멋진 날이야! 포도밭까지 산보를 나갈 수 있거든. 하지만 사냥꾼들이 아무 때나 춤을 췄다면 매일매일이 다른 날들과 똑같아지겠지. 내겐 휴가라곤 전혀 없고 말이야."

그래서 어린 왕자는 여우를 길들였다. 어린 왕자가 떠날 시간이

다가오자 여우가 말했다.

"아, 울 것만 같아."

"그건 네 잘못이야. 너에게 상처 주고 싶은 마음은 조금도 없었어. 하지만 내가 널 길들여 주길 네가 원했잖아…."

"그래, 그랬어." 여우가 말했다.

"그런데 넌 지금 울려고 하고 있어!" 어린 왕자가 말했다.

"그래, 정말 그래." 여우가 말했다.

"그러니 네가 이익 본 것은 하나도 없잖아!"

"이익 본 게 있지. 밀밭 색깔 때문에 말이야." 여우가 말했다. 그리고 이렇게 덧붙였다.

"가서 장미꽃들을 다시 봐봐. 이제 너의 장미꽃이 세상에 하나뿐이라는 것을 이해하게 될 거야. 그런 다음 내게 작별인사를 하러 와줘. 그러면 내가 너에게 한 가지 비밀을 선물할게."

어린 왕자는 장미꽃을 보러 갔다.

"너희들은 내 장미꽃과는 조금도 닮지 않았어. 너희들은 아직 아무것도 아냐. 아무도 너흴 길들이지 않았고 너희들 역시 아무도 길들이지 않았어. 너희들은 내가 여우를 처음 만났을 때의 그 여우와 같아. 그는 수천 마리의 다른 여우들과 똑같은 한 마리 여우일 뿐이었지. 하지만 내가 그를 친구로 삼았기 때문에 이제 그는 이 세상에 하나밖에 없어."

그러자 장미꽃들은 매우 당황했다.

"너희들은 아름답지만 텅 비어 있어. 아무도 너희를 위해 죽을 순 없을 테니까. 물론 내 장미꽃도 지나가는 행인에게는 너희들과 똑같아 보이겠지. 하지만 그 꽃 한 송이가 내겐 다른 모든 장미꽃보다 더 소중해. 왜냐하면 내가 물을 준 장미꽃이니까. 내가 유리 덮개로 덮어 주고 그늘에서 쉬게 해준 것도 그 꽃이니까. 벌레를 잡아준 것(나비가 될 수 있도록 두세 마리 남겨둔 것만 빼고)도 모두 그 장미꽃을 위한 것이었지. 불평을 하거나 자랑을 할 때도, 심지어 가끔씩 아무 말도 하지 않을 때에도 귀 기울여 들어준 꽃이기 때문이지. 그건 내 장미꽃이기 때문이야."

그리고 그는 여우를 만나러 돌아갔다.

"잘 있어." 어린 왕자가 말했다.

"잘 가." 여우가 말했다. "내 비밀은 아주 단순한 거야. 오직 마음으로만 올바르게 볼 수 있어. 가장 중요한 건 눈에 보이지 않는 법이거든."

"중요한 것은 눈에 보이지 않는다." 어린 왕자는 잘 기억하도록 여우가 한 말을 되뇌었다.

"너의 장미꽃을 그토록 소중하게 만드는 건 네가 그 장미꽃을 위해 쏟은 시간이란다."

"내가 그 장미꽃을 위해 쏟은 시간." 어린 왕자는 잘 기억하도록 되뇌었다.

"사람들은 이 진리를 잊어버렸어. 하지만 넌 잊어서는 안 돼. 넌 네가 길들인 것에 언제까지고 책임져야 해. 넌 네 장미꽃에 책임이 있어…."

"난 내 장미꽃에 책임이 있어." 어린 왕자는 잘 기억하도록 되뇌었다.

22장

"안녕하세요." 어린 왕자가 말했다.
"안녕." 철도 전철원이 말했다.
"여기서 뭘 하고 있어요?" 어린 왕자가 물었다.
"여행객들을 천 명씩 모아 정리하고 있어. 그들을 실어 나르는 기차를 오른쪽이나 왼쪽으로 보내는 거지." 전철원이 말했다.
그때 밝게 불이 켜진 급행열차가 천둥 같은 굉음을 내며 들어오면서 조종실을 뒤흔들었다.
"저들은 무척 급하군요. 그들은 무얼 찾고 있는 거예요?"
"기관사조차 그건 알 수 없어." 전철원이 말했다.
그때 밝게 불이 켜진 두 번째 급행열차가 반대 방향에서 우르릉거리며 질주했다.

"그들이 벌써 돌아오는 건가요?" 어린 왕자가 물었다.

"아까 본 사람들이 아니란다. 두 기차가 서로 엇갈리는 거야."

"그들은 있던 곳에 만족하지 않았나요?" 어린 왕자가 물었다.

"자신이 있는 곳에 만족하는 사람은 아무도 없어." 전철원이 말했다.

두 사람은 밝게 불이 켜진 세 번째 급행열차의 굉음 소리를 들었다.

"저들은 첫 번째 여행객들을 쫓아가고 있는 건가요?" 어린 왕자가 물었다.

"그들은 아무것도 쫓고 있지 않아. 그들은 저 속에서 잠을 자거나 아니면 하품을 하고 있어. 아이들만이 유리창에 코를 납작하게 대고 있을 뿐이지."

"아이들만이 자신이 무엇을 찾고 있는지 알고 있어요." 어린 왕자가 말했다. "아이들은 누더기 인형을 찾는 데 시간을 허비해요. 그 인형은 아이들에게 아주 중요하게 되었거든요. 누군가 그 인형을 빼앗아 가기라도 하면 아이들은 울어 버리죠…."

"아이들은 운이 좋군." 전철원이 말했다.

23장

"안녕하세요." 어린 왕자가 말했다.

"안녕." 장사꾼이 말했다. 그는 갈증을 풀어 주는 새로 개발된 알약을 파는 상인이었다. 일주일에 한 알씩 삼키기만 하면 아무것도 마실 필요를 느끼지 못하게 되는 약이었다.

"왜 이런 약을 팔고 있지요?" 어린 왕자가 물었다.

"시간을 굉장히 절약해 주기 때문이지." 장사꾼이 말했다.

"전문가들이 계산을 해 보았더니 이 알약만 있으면 일주일에 53분씩 절약된다는 거야."

"그 53분으로 무얼 하죠?"

"네가 좋아하는 걸 하지…."

'나라면, 만약 나에게 원하는 대로 쓸 수 있는 53분이 주어진다면 나는 맑은 샘물을 향해 느긋하게 걸어갈 텐데.' 어린 왕자는 혼자 중얼거렸다.

24장

 내가 사막에서 사고를 당한 지 8일째 되는 날이었다. 나는 마지막 남은 물 한 방울을 마시면서 장사꾼의 이야기를 듣고 있었다.
 "아, 네 이야기는 무척 멋지구나. 하지만 난 아직 내 비행기를 고치지 못했어. 마실 물도 전혀 남지 않았지. 나도 맑은 샘물을 향해 느긋하게 걸을 수 있다면 아주 행복할 텐데." 내가 어린 왕자에게 말했다.
 "내 친구 여우는…" 어린 왕자가 내게 말했다.
 "내 작은 친구야, 여우 이야기를 할 때가 아냐!"
 "왜?"
 "목이 말라 곧 죽을 지경이니까…"
 그는 내 말을 알아듣지 못하고 내게 이렇게 말했다.
 "죽어 간다 하더라도 친구가 있었다는 건 좋은 일이야. 예를 들자면 나는 여우 친구가 있었다는 게 아주 기뻐…."

'위험이 어느 정도인지 전혀 상상을 못하는군.' 나는 혼자 중얼거렸다. 그는 배고픔이나 목마름을 한 번도 겪어본 적이 없었다. 그에게 필요한 것은 약간의 햇빛이 전부였다.

그런데 그가 나를 한참 바라보더니 내 생각을 읽은 듯 이렇게 말했다.

"나도 목이 말라. 우물을 찾아보자…."

나는 소용없다는 몸짓을 했다. 광활한 사막에서 무작정 우물을 찾아 나선다는 것은 터무니없는 일이었다. 그런데도 우리는 걷기 시작했다.

몇 시간 동안 터덜터덜 말없이 걷다 보니 어둠이 깔리고 별들이 모습을 드러내기 시작했다. 나는 갈증으로 열이 조금 나고 있어서 마치 꿈결처럼 그 별들을 바라보았다. 어린 왕자의 마지막 말이 내 머릿속에서 뱅글뱅글 돌고 있었.

"그래서 너도 목이 마르다고?" 내가 물었다.

하지만 그는 내 물음에 답하지 않았다. 그는 그저 이렇게 말했다.

"물은 마음에도 좋은 것일 수 있어…."

나는 그의 대답을 이해하지 못했지만 아무 말도 하지 않았다. 그에게 되묻는 것은 불가능하다는 것을 나는 너무 잘 알고 있었던 것이다.

그는 지쳐 있었다. 그는 주저앉았다. 나도 그의 옆에 자리를 잡았다. 잠시 침묵이 흐르고 나서 그가 다시 입을 열었다.

"별들은 아름다워. 보이지 않는 꽃 한 송이 때문에."

"그렇지." 내가 대답했다. 나는 더 이상 아무 말도 하지 않고 달빛 아래서 우리 앞에 뻗어 있는 모래 언덕들을 바라보았다.

"사막은 아름다워." 어린 왕자가 덧붙였다.

그 말도 사실이었다. 나는 항상 사막을 사랑해 왔다. 사막에서는 모래 언덕 위에 앉으면 아무것도 보이지 않고 아무 소리도 들리지 않는다. 그러나 침묵 속에서 무언가 고동치며 빛나는 것이 있다….

"사막이 아름다운 이유는 어딘가에 샘을 숨기고 있기 때문이지…." 어린 왕자가 말했다.

나는 모래가 이렇게 신비스럽게 빛나는 이유를 문득 깨닫고 제법 놀랐다. 어린 시절 나는 낡은 집에서 살았는데, 전해져 내려오는 이야기에 따르면 그곳에 보물이 묻혀 있다는 것이었다. 물론 그곳을 찾아낸 사람은 아무도 없었고 찾으려고 노력한 사람도 아마 없었을 것이다. 하지만 이 이야기 때문에 그 집은 무언가가 신비롭게 느껴졌다. 우리 집은 저 깊은 곳에 비밀을 숨기고 있는 것이었다….

"그래. 집이건 별이건 사막이건… 그들이 아름다운 이유는 보이지 않는 무언가가 있기 때문이지!"

"아저씨도 여우와 같은 생각이어서 기뻐."

어린 왕자가 잠이 들어서 나는 그를 안고 다시 걷기 시작했다. 나는 깊게 감동받았고 고무되었다. 마치 깨지기 쉬운 보물을 들고 가는 듯한 느낌이었다. 지구상에서 그보다 더 깨지기 쉬운 것은 없을 것 같은 느낌마저 들었다. 달빛 아래서 그의 창백한 이마,

감긴 눈, 바람결에 날리는 머리카락을 바라보면서 나는 혼자 중얼거렸다.

'내가 지금 여기서 보고 있는 것은 껍질일 뿐이야. 가장 중요한 것은 눈에 보이지 않아….'

그가 보일 듯 말 듯 미소를 지으며 입술을 조금 벌렸을 때 나는 다시 중얼거렸다.

'여기 잠들어 있는 이 어린 왕자가 나를 이토록 깊게 감동시킨 것은 꽃 한 송이에 대한 그의 성실함, 그가 잠들어 있을 때에도 램프의 불꽃처럼 그의 모든 존재를 통해 빛나고 있는 장미꽃의 모습이야.' 그리고 나는 그가 더욱 깨지기 쉬운 존재처럼 느껴졌다. 마치 한줄기 바람에도 꺼질 수 있는 불꽃처럼 내가 그를 보호해 주어야 한다고 생각했다.

그렇게 걷다 보니 날이 밝을 무렵, 나는 우물을 발견했다.

25장

"사람들은 급행열차를 타고 길을 떠나지만 자신이 무얼 찾고 있는지도 몰라. 그들은 조급하고 격해져서 제자리를 뱅뱅 돌고 있어…." 어린 왕자가 말했다.

그리고 이렇게 덧붙였다. "그래도 소용없는데…."

우리가 찾아낸 우물은 사하라의 우물과는 달랐다. 사하라의 우물은 그저 모래에 파놓은 구멍 같은 것이었다. 그런데 이 우물은 마을에 있는 우물과 비슷했다. 하지만 이곳엔 마을이라고는 없었으므로 나는 꿈을 꾸고 있는 것이라 생각했다….

"이상하군." 나는 어린 왕자에게 말했다. "모든 게 갖추어져 있잖아. 도르래, 양동이, 밧줄…."

어린 왕자는 웃으며 밧줄을 붙잡고 도르래를 잡아당겼다. 그러자 바람이 오랫동안 잠잠할 때 낡은 풍향계가 삐걱대듯이 도르래가 삐걱거렸다.

"저 소리 들려?" 어린 왕자가 말했다. "우물을 깨웠더니 노래를 부르네…."

나는 그가 밧줄을 붙잡느라 지치게 하고 싶지 않았다.

"내가 할게. 그건 네게 너무 무거워." 내가 말했다.

나는 천천히 양동이를 우물 가장자리까지 들어 올려 그곳에 올려놓았다. 힘들었지만 성취감에 무척 행복했다. 도르래의 노랫소리가 여전히 귓가에 들려왔고 아직도 출렁이고 있는 물속에서 햇살이 일렁이고 있는 것을 볼 수 있었다.

"이 물을 마시고 싶어. 물을 좀 줘…."

나는 그가 무엇을 찾고 있는지 깨달았다.

나는 양동이를 그의 입술까지 들어 올렸다. 그는 눈을 감은 채 물을 마셨다. 물은 특별한 축제 선물처럼 달콤했다. 보통 음료와는 정말 다른 것이었다. 그 달콤함은 별빛 아래에서의 행진과 도르래의 노래, 내 두 팔의 노력으로 태어난 것이었다. 그것은 마치 선물을 받았을 때처럼 내 마음을 기쁘게 했다. 어렸을 때에는 크리스마스트리의 불빛과 자정미사의 음악, 웃는 얼굴의 부드러움이 내가 받는 선물을 빛나게 해주곤 했다.

"아저씨 별에 사는 사람들은 한 정원에 오천 송이나 되는 장미꽃을 키우지만… 자신들이 찾는 것을 그 속에서 찾지는 못해." 어린 왕자가 말했다.

"찾지 못하겠지." 내가 대답했다.

"하지만 그들이 찾는 것은 장미꽃 한 송이, 물 한 모금에서도 찾을 수 있는 건데."

"그렇지." 내가 말했다.

그러자 어린 왕자는 또 이렇게 말했다.

"하지만 눈으로는 보지 못해. 마음으로 보아야만 해…."

물을 마시고 나니 숨결이 가벼워졌다. 해가 떠오르면 모래는 꿀 빛깔을 띤다. 그리고 그 꿀 빛깔은 나를 행복하게 만들고 있었다. 슬퍼할 이유가 무엇이겠는가?

"약속을 꼭 지켜야 해." 어린 왕자는 다시 내 곁에 앉으며 부드럽게 말했다.

"무슨 약속?"

"약속했잖아. 양에게 굴레를 씌워 준다고…. 난 그 꽃에 책임이 있어…."

나는 끄적거렸던 내 그림을 주머니에서 꺼냈다. 어린 왕자는 그림들을 바라보더니 웃으며 이렇게 말했다.

"아저씨의 바오밥 나무들은 꼭 양배추처럼 생겼어."

"아, 그래!"

나는 내 바오밥 나무를 자랑스러워했었는데!

"여우 그림은 귀가 꼭 뿔 같아. 너무 길어."

그가 다시 한 번 웃었다.

"너는 너무 심하구나. 나는 속이 보이는 보아 뱀과 보이지 않는 보아 뱀밖에 그릴 줄 모른다고."

"아, 괜찮을 거야. 아이들은 다 이해해." 어린 왕자가 말했다.

그래서 나는 연필로 굴레를 그렸다. 그 그림을 어린 왕자에게 주면서 마음이 미어지는 것 같았다.

"네가 어떤 계획을 가지고 있는지 모르겠구나."

하지만 그는 내 말에 답하지 않고, 대신 이렇게 말했다.

"내가 지구에 떨어진 지도 내일이면 1년이야."

그러고는 침묵이 흐른 후 그가 말을 이었다.

"바로 이 근처에 떨어졌었어."

그리고 그는 얼굴을 붉혔다.

이유는 모르겠지만 나는 또다시 야릇한 슬픔을 느꼈다.

그런데도 한 가지 의문이 떠올랐다.

"일주일 전 아침에 내가 너를 처음 만난 것도 우연이 아니었어. 그때 너는 사람이 사는 지역에서 천 마일이나 떨어진 곳을 혼자 걷고 있었지. 떨어진 지점으로 다시 돌아가고 싶었니?"

어린 왕자의 얼굴이 다시 붉어졌다.

나는 머뭇거리며 말을 이었다.

"아마 일 년이 다 되었기 때문이겠지?"

어린 왕자는 또 얼굴을 붉혔다. 그는 결코 질문에 답하지 않았지만 얼굴이 붉어졌다는 것은 그렇다는 뜻이 아니었을까?

"아, 나는 조금 두려워." 내가 말했다.

그러자 그가 끼어들며 이렇게 말했다.

"이제 아저씨는 일을 해야 해. 엔진이 있는 곳으로 돌아가. 난 여기서 기다리고 있을 테니 내일 저녁에 돌아와…"

하지만 나는 안심이 되지 않았다. 여우 생각이 났다. 길들여진다면 조금 울게 될 각오를 해야 하는 것이다.

26장

 우물 옆에는 쓰러져 가는 오래된 돌담이 있었다. 다음 날 저녁, 일을 끝내고 돌아가 보니 저 멀리서 어린 왕자가 돌담 위에 앉아 다리를 흔들고 있는 것이 보였다. 그리고 이런 말을 하는 것이 들렸다.
 "생각나지 않니? 정확히 이곳은 아니야."
 그가 다시 대꾸하는 것으로 보아 또 다른 목소리가 그에게 대답하는 듯했다.
 "아니야, 아니야! 날짜는 맞지만 장소는 여기가 아니야."
 나는 계속 돌담을 향해 걸었다. 보이는 것도, 들리는 것도 아무것도 없었지만 어린 왕자는 또다시 대꾸를 하고 있었다.
 "물론이지. 모래 위 내 발자국이 어디에서 시작되는지 봐. 거기서 나를 기다리기만 하면 돼. 오늘밤 그곳으로 갈게."

나는 돌담에서 20미터 떨어진 곳까지 다가갔지만 여전히 아무것도 보이지 않았다.

잠시 침묵을 지키던 어린 왕자가 다시 말했다.

"네 독은 좋은 거니? 너무 오랫동안 날 아프게 하지 않을 자신이 있는 거지?"

나는 가슴이 산산조각 나는 것 같아 발걸음을 멈추었다. 하지만 여전히 무슨 이야기인지 이해하지 못했다.

"이제 가봐. 나도 내려가야겠어." 어린 왕자가 말했다.

그제야 나는 돌담 밑을 내려다보고 소스라치게 놀랐다.

거기에는 30초 만에 생명을 앗아갈 수 있는 노란 뱀 하나가 어린 왕자를 바라보고 있었던 것이다. 나는 권총을 꺼내려고 주머니를 뒤지며 뛰어갔다. 하지만 내가 다가가는 소리에 뱀은 물줄기가 잦아들듯이 모래를 쉽게 가로질러 가더니 조금도 허둥대지 않고 가벼운 금속성 소리를 내며 돌들 사이로 사라져 버렸다.

때마침 나는 돌담에 도착해 어린 왕자를 품에 받아 안을 수 있었다. 그의 얼굴은 눈처럼 하얘져 있었다.

"무슨 일이야? 왜 뱀과 이야기를 하고 있는 거야?"

나는 그가 항상 두르고 있는 금빛 머플러를 풀어 주었다. 관자놀이에 물을 적셔 주고 마실 물을 조금 주었다. 그러나 이제는 더 이상 그에게 질문할 용기가 나지 않았다. 그는 나를 매우 진지하게 바라보더니 내 목에 팔을 감았다. 누군가의 소총에 맞아 죽어가는 새의 심장처럼 그의 심장이 뛰는 것 같았….

"아저씨가 엔진을 고칠 수 있게 되어 기뻐. 이제 아저씨는 집에

돌아갈 수 있겠네…."

"그걸 어떻게 알았어?"

거의 포기하고 있던 찰나에 뜻밖에도 비행기를 고치는 데 성공했다는 걸 그에게 막 이야기해 주려던 참이었다.

그는 내 물음에 대답하지 않았다. 대신 이렇게 덧붙였다. "나도 오늘 집에 돌아가려 해."

그러더니 쓸쓸하게 이렇게 말했다. "그건 훨씬 더 멀고… 훨씬 더 어려워…."

나는 분명 뭔가 심상치 않은 일이 벌어지고 있다는 것을 직감했다. 나는 그를 어린아이처럼 품에 꼭 안아 주었다. 하지만 내가 말릴 틈도 없이 그는 깊은 수렁으로 곤두박질치는 것만 같았다.

그의 표정은 매우 심각했다.

"나에겐 아저씨가 준 양이 있어. 양을 넣어둘 상자도 있고, 굴레도 있어…."

그는 슬픈 미소를 지었다.

나는 오랫동안 기다렸다. 그가 조금씩 활기를 되찾고 있는 것을 알 수 있었다.

"꼬마야, 넌 겁이 나지…." 내가 그에게 말했다.

그가 두려워하고 있었다는 것은 의심의 여지가 없었다. 하지만 그는 살짝 웃어 보였다.

"오늘 저녁엔 훨씬 더 무서울 거야…."

돌이킬 수 없는 어떤 일이 일어날 것 같은 예감에 나는 다시 한 번 몸이 얼어붙는 것 같았다. 그 웃음소리를 다시는 들을 수 없다는 생각을 견디기 힘들다는 것을 나는 알고 있었다. 나에게 그의 웃음소리는 사막의 맑은 샘물과도 같은 것이었다.

"꼬마야, 너의 웃음소리를 다시 듣고 싶어."

그러나 그는 내게 말했다.

"오늘 밤이면 꼭 일 년이 돼. 일 년 전 내가 지구로 떨어져 내린 그곳 바로 위에 내 별이 있을 거야."

"꼬마야, 그 뱀이니, 만날 장소니, 별이니 하는 것들은 그저 악몽일 뿐이라고 내게 말해줘."

하지만 그는 내 간청에도 아무 대답도 하지 않았다. 그는 대신 이렇게 말했다.

"중요한 것은 눈에 보이지 않는 법이야…."

"그래, 나도 알아…."

"꽃도 마찬가지야. 어느 별에 살고 있는 꽃 한 송이를 사랑한 다면 밤하늘을 바라보는 것이 달콤할 거야. 별들마저 모두 꽃을 피울 테니까…."

"그래, 나도 알아…."

"물도 마찬가지야. 도르래와 밧줄 때문에, 아저씨가 내게 마시라고 준 물은 음악 같은 것이었어. 기억하지. 물맛이 참 좋았는데."

"그래, 나도 알아…."

"그리고 밤이면 별을 바라보겠지. 내가 사는 별은 너무 작아서 지금 어디에 있는지 말해줄 수 없어. 그 편이 더 나을 거야. 내 별은 아저씨에게는 많은 별들 중 그저 하나일 뿐일 테지. 그래서 아저씨는 하늘의 모든 별들을 바라보는 것이 즐거울 테고. 별들이 모두 아저씨의 친구가 될 거야. 그리고 아저씨에게 선물을 하나 할게…."

그가 다시 웃었다.

"아, 어린 왕자야, 사랑하는 어린 왕자야! 나는 그 웃음소리를 듣는 것이 너무 좋아!"

"그게 바로 내 선물이야. 우리가 물을 마셨을 때처럼…."

"무슨 말을 하려는 거야?"

"모든 사람이 똑같이 별을 보지만 사람마다 다 똑같은 것은 아니야. 여행자들에게 별은 길잡이지. 어떤 이들에게는 하늘에 떠 있는 작은 빛일 뿐이고. 학자들에게 별은 연구해야 할 대상이야. 사업가들에게 별은 부를 가져다주는 대상이지. 하지만 이 모든 별들은 말을 하지 않아. 아저씨는 어느 누구도 갖지 못한 별을 갖게 될 거야…."

"무슨 말을 하려는 거야?"

"저 별들 중 하나에 내가 살고 있을 테니까. 저 별들 중 하나에서 내가 웃고 있을 거야. 그러니 아저씨가 밤하늘을 바라볼 때면 모든 별들이 웃고 있는 것처럼 보일 거야. 아저씨는 웃을 수 있는 별을 가지게 되는 거야!" 그가 다시 웃었다.

"그래서 아저씨의 슬픔이 가셨을 때(시간이 가면 슬픔은 가시게 마련이니까.) 아저씨는 나를 알았던 것을 기뻐하게 될 거야. 아저씨는 언제까지나 내 친구로 있을 거야. 아저씨는 나와 함께 웃고 싶어지겠지. 그래서 때로는 괜히 창문을 열게 되겠지. 아저씨의 친구들은 아저씨가 하늘을 올려다보며 웃는 것을 보고 굉장히 놀라겠지. 그러면 아저씨는 그들에게 이렇게 말할 거야. '그래, 별들을 보면 항상 웃음이 나!' 그들은 아저씨가 미쳤다고 생각할 거야. 난 그럼 아저씨에게 아주 못된 장난을 친 셈이 되겠지…."

그리고 그가 다시 웃었다.

"별들이 아니라 웃을 줄 아는 수없이 많은 작은 방울들을 내가 아저씨에게 준 셈이 되는 거지." 그리고 그는 또 웃었다. 그러다 갑자기 심각해지며 이렇게 말했다.

"오늘 밤에는… 오지 마."

"난 네 곁을 떠나지 않을 거야." 내가 말했다.

"난 아픈 것처럼 보일 거야. 꼭 죽어 가는 것처럼 보일 거야. 원래 그렇거든. 그런 것을 보러 오지 마. 그럴 필요 없어…."

"난 네 곁을 떠나지 않을 거야."

하지만 그는 걱정하고 있었다. "내가 이렇게 말하는 건… 뱀 때문이기도 해. 뱀이 아저씨를 물면 안 되니까. 뱀은… 못됐어. 괜히 장난삼아 물기도 하거든…."

"난 네 곁을 떠나지 않을 거야."

하지만 무슨 생각을 했는지 그는 안심하는 듯했다.

"두 번째 물 때는 독이 없다는 게 사실이야."

그날 밤, 나는 그가 길을 떠나는 것을 보지 못했다. 그는 소리도 없이 사라져 버렸다. 내가 겨우 그를 뒤쫓아 갔을 때 그는 빠르고 단호하게 걸어가고 있었다. 그는 내게 그저 이렇게 말했다. "아! 아저씨가 왔구나…."

그리고 그는 내 손을 잡았다. 하지만 그는 여전히 걱정하고 있었다.

"아저씨가 온 건 잘못이야. 마음 아파할 텐데. 난 죽은 것처럼 보일 거야. 사실은 그렇지 않은데 말이야…."

나는 아무 말도 하지 않았다.

"알겠지만… 너무 멀어서 이 몸으로는 갈 수가 없어. 너무 무겁거든."

나는 아무 말도 하지 않았다.

"하지만 그건 버려진 낡은 껍데기 같을 거야. 낡은 껍데기가 슬플 이유는 없지…."

나는 아무 말도 하지 않았다.

그는 조금 풀이 죽은 듯 보였다. 그러나 다시 한 번 기운을 차려 보려고 하고 있었다.

"참 좋겠지. 나도 별들을 바라볼 거야. 모든 별들이 내겐 녹슨 도르래가 있는 우물로 보이게 될 거야. 모든 별들이 내가 마실 맑은 물을 부어 주겠지."

나는 아무 말도 하지 않았다.

"정말 재미있겠지! 아저씨는 오억 개의 작은 방울을 가지게 되고, 난 오억 개의 맑은 샘물을 가지게 될 테니…."

그리고 그도 더 이상 아무 말도 하지 않았다. 그는 울고 있었기 때문이었다.

"여기야. 나 혼자 가게 해줘."

그리고 그는 주저앉았다. 두려웠기 때문이다. 그가 다시 말했다.

"내 꽃 말인데… 난 그 꽃에 책임이 있어. 그리고 그 꽃은 몹시 연약해! 너무 순진하고! 전혀 쓸모없는 네 개의 가시를 가지고 세상으로부터 자신을 지키려고 해…."

나 역시 주저앉았다. 더 이상 서 있을 수 없었기 때문이다.

"자… 이제 다 끝났어…."

그는 잠시 망설이더니 일어섰다. 그가 한 발자국을 내딛었다. 나는 움직일 수가 없었다.

그의 발목에서 노란 불빛이 반짝였을 뿐이었다. 그는 한순간 움직이지 않고 그대로 있었다. 그는 소리치지 않았다. 나무가 쓰러지듯이 그가 천천히 쓰러졌다. 모래 바닥이었기 때문에 소리조차 나지 않았다.

27장

그리고 이제 벌써 여섯 해가 지나갔다….

나는 아직 한 번도 이 이야기를 해본 적이 없다. 나와 다시 만난 친구들은 내가 살아 있는 것을 보고 매우 기뻐했다. 나는 슬펐지만 그들에게 이렇게 말했다. "피곤해서 그래."

이제 내 슬픔도 조금 가셨다. 완전히 사라진 것은 아니라는 말이다. 하지만 나는 그가 자신의 별로 돌아갔다는 것을 알고 있다. 다음 날 해가 떴을 때 그의 몸을 찾을 수 없었기 때문이다.

그의 몸은 그렇게 무겁지 않았다…. 그래서 밤이면 나는 별들의 소리에 귀를 기울이는 것을 좋아한다. 그것은 마치 오억 개의 작은 방울과 같다.

하지만 한 가지 이상한 일이 있다…. 내가 어린 왕자를 위해 굴레를 그려줄 때 가죽끈을 달아 준다는 걸 깜박한 것이다. 굴레를 양에게 잡아맬 도리가 없을 것이다. 그래서 나는 '그의 별에서 무슨 일이 일어나고 있을까? 아마도 그 양이 꽃을 먹어 버렸겠지….' 하고 줄곧 궁금해하곤 한다.

어떤 때는 '분명 먹지 않았겠지! 어린 왕자가 매일 밤 유리 덮개로 꽃을 덮어 주고 양을 아주 신중히 지켜볼 거야….' 라고 혼자 중얼거린다. 그러면 나는 행복해진다. 그리고 모든 별들이 다정하게 웃는다.

하지만 또 어떤 때는 '어떤 때는 방심할 수도 있겠지. 그럼 끝장인데! 어느 날 밤에 유리 덮개로 덮는 것을 깜박하거나 양이 밤중에 소리도 없이 밖으로 나올지도 모르지….' 라고 생각한다. 그러면 작은 방울들이 눈물방울로 변한다….

그것은 정말 커다란 수수께끼다. 어린 왕자를 사랑하는 여러분에게는, 그리고 나에게도, 우리가 모르는 어떤 곳에서 우리가 한 번도 본 적이 없는 양 한 마리가 장미꽃 한 송이를 먹었느냐, 먹지 않았느냐에 따라 온 우주가 달라질 수 있다.

하늘을 올려다보라. 그리고 자문해 보라. 양이 그 꽃을 먹었을까, 먹지 않았을까? 그리고 모든 것이 어떻게 달라지는지 알게 될 것이다….

그런데 어른들은 이것이 그렇게나 중요한 것인지를 이해하지 못할 것이다!

이것은 나에게는 세상에서 가장 아름답고 그러면서 또 가장 슬픈 풍경이다. 이것은 앞 페이지의 것과 같은 그림이지만 여러분의 기억에 남도록 다시 한 번 그린 것이다. 여기가 어린 왕자가 지구에 나타났다가 다시 사라진 곳이다.

 이 그림을 자세히 보아 두었다가 언젠가 아프리카 사막을 여행할 때 이와 똑같은 풍경을 꼭 알아볼 수 있기를 바란다. 그리고 이곳을 지나가게 된다면 서두르지 말고 바로 저 별 아래에서 잠시 기다려 보라. 만일 작은 사람이 웃으며 나타난다면, 그리고

그의 머리카락이 금빛이고 질문에 대답하지 않는다면 여러분은 그가 누구인지 알아챌 수 있으리라. 만일 이런 일이 생긴다면 부디 나를 위로해 주기를. 그가 돌아왔노라고 내게 말을 전해 주기를.

나는 아가씨의 잠든 모습을 들여다보고 있었다. 가슴이 설레는 것은 어쩔 수 없었지만, 내 마음은 아름다운 생각만을 하게 해주는 맑은 밤하늘의 보호를 받아 어디까지나 순수한 마음을 지키고 있었다. 우리를 둘러싼 모든 별들이 마치 거대한 양 떼처럼 유순하게 고요히 그들의 운행을 계속하고 있었다. 이따금 나는 이 별들 중 가장 아름답고 빛나는 별 하나가 부드럽게 내 어깨에 내려앉아 잠을 청하고 있다고 상상했다.

THE STARS 별
알퐁스 도데

별 – 프로방스 지방 목동의 이야기
코르니유 영감의 비밀
아를르의 여인
스갱 씨의 염소

별 - 프로방스 지방 목동의 이야기

- 알퐁스 도데

　내가 뤼브롱 산에서 양을 치고 있을 때의 일이다. 몇 주일 동안 사람 한 명 보지 못한 채, 사냥개 라브리와 양 떼들을 데리고 목장에 남아 있어야 했다. 가끔씩 몽드뤼르 산의 은자가 약초를 찾으러 지나가기도 하고 삐에몽 지방에서 온 어느 숯쟁이의 그을린 얼굴이 눈에 띄기도 했다. 하지만 그런 사람들은 고독이 몸에 배어 좀처럼 입을 여는 일이 없었고 다른 사람들과 이야기를 하는 취미도 잃어버렸거니와 산 아래 마을이나 도시에서 일어나고 있는 일 따위는 아무것도 모르는 순박한 사람들이었다. 그래서 2주일에 한 번씩 내 양식을 실어다 주는 우리 농장 노새의 방울소리가 들려올 때라든지 농장 머슴아이의 작고 명랑한 얼굴이나 늙은 노라드 아주머니의 적색 모자가 언덕 위에 나타날 때에는 견딜 수 없이 기뻤다.

나는 그들에게 마을 소식이나 세례, 결혼 이야기 등을 묻곤 했다. 하지만 무엇보다 관심이 쏠린 것은 이 근처 백 리 안에서 가장 예쁜 주인댁 따님인 스테파네트 아가씨가 어떻게 지내는지 하는 것이었다. 나는 짐짓 관심이 없는 척하면서 아가씨가 마을 잔치에 참석하거나 저녁 나들이에 나가는지, 여전히 새 얼굴의 젊은이들이 아가씨의 호감을 사려고 몰려드는지를 알아내곤 했다. 산에서 양을 치는 하찮은 내가 그런 것들을 알아서 무엇 하느냐고 묻는 사람이 있다면, 나는 이렇게 답할 것이다. 나는 스무 살이었고 스테파네트 아가씨야말로 지금까지 내가 본 사람들 중 가장 아름다웠다고.

그러던 어느 일요일, 도착하고도 남았을 내 보름치의 식량이 하루종일 오질 않았다. 아침나절에는 이렇게 생각했다. "대미사 때문이겠지." 그러다 점심쯤 되어 소나기가 쏟아지자, 이번에는 길이 나빠서 노새가 출발하지 못하는 것이라고 생각했다. 3시가 지나 겨우 하늘이 말끔해지고 물기를 머금은 산이 햇빛에 반짝거리고 있을 때, 나뭇잎에서 떨어지는 물방울 소리와 개천에 물이 불어 콸콸 넘쳐흐르는 소리에 섞여 노새의 방울 소리가 들려왔다.

그것은 마치 부활절에 울려 퍼지는 종소리만큼 반갑고 경쾌한 소리였다. 하지만 막상 노새를 몰고 온 것은 작은 머슴아이도 나이 든 노라드 아주머니도 아니었다. 그것은… 누구였을까? 뜻밖에도 바로 우리 아가씨였다. 스테파네트 아가씨가 버드나무 바

구니 사이에 편안하게 걸터앉아 몸소 나타난 것이다. 그녀의 사랑스러운 얼굴은 산의 정기와 상쾌한 바람으로 발갛게 상기되어 있었다.

듣자 하니 어린 머슴아이는 앓아누워 있고 노라드 아주머니는 휴가를 얻어 자기 아이들 집에 갔다는 것이었다. 스테파네트 아가씨가 노새에서 내리며 이 모든 소식을 내게 전하고, 도중에 길을 잃어 늦어졌다고 설명해 주었다. 하지만 꽃 리본이며 실크 스커트, 레이스 장식으로 한껏 차리고 나타난 아가씨를 보고 있자니, 덤불 속에서 길을 헤맸다기보다 무도회에서 막 돌아온 것 같은 생각이 들었다. 아, 저 귀여운 모습이라니! 아무리 바라보아도 내 눈은 지칠 줄을 몰랐다.

아가씨를 이렇게 가까이에서 본 적은 처음이었다. 겨울에 양 떼를 몰고 내려와 저녁을 먹으러 농장에 들르면, 가끔 아가씨가 식당에 들어오는 일도 있었다. 항상 잘 차려입고 방을 휙 지나가곤 했는데, 하인들에게는 좀처럼 말을 걸지 않았고 약간 으스댔다. 그런데 지금 그 아가씨가 내 바로 눈앞에 있는 것이다. 그것도 나에게만 용건이 있는 것이다. 그러니 이만하면 넋을 잃을 만도 하지 않은가?

바구니에서 식량을 끌어내기가 무섭게 스테파네트 아가씨는 신기한 듯이 사방을 둘러보기 시작했다. 아가씨는 아름다운 나들이옷이 더러워지지 않도록 스커트 자락을 휙 걷어 올리고는 양 우리로 들어갔다. 내가 자는 자리와 양가죽을 깐 짚방석, 벽에 걸린 긴 두건 달린 외투, 지팡이, 새총 등을 보고 싶어 했다.

이 모든 것이 아가씨에게는 즐거웠던 것이다.

"그래, 여기서 산단 말이지? 항상 혼자서 얼마나 따분할까. 무얼 하며 시간을 보내? 무슨 생각을 하며?"

"당신을 생각하지요, 아가씨." 하고 말하고 싶었다. 이렇게 대답해도 거짓말은 아니었을 것이다. 그러나 그 순간 너무 당황하여 나는 한마디도 선뜻 대답할 수가 없었다. 분명 아가씨도 이것을 눈치채고도 심술궂은 장난으로 나를 더 곤란하게 만들고는 즐거워하고 있었다.

"여자 친구는 가끔 너를 만나러 올라오니? 그런 여자 친구라면 전설의 황금 염소나 저 산봉우리 위로만 돌아다니는 에스테렐 선녀와 꼭 같겠구나."

이렇게 말하는 아가씨야말로 내게는 영락없는 에스테렐 선녀 같아 보였다. 머리를 뒤로 젖히고 깔깔 웃는 모습이라든지 마치 꿈처럼 왔다가 급히 사라지는 것이 그러했다.

"잘 있거라, 목동아."

"안녕히 가세요, 아가씨."

아가씨는 빈 바구니를 들고 떠나 버렸다.

아가씨가 가파른 산길을 따라 사라지자 노새의 발굽에 차여 굴러떨어지는 돌멩이들이 마치 내 심장 위로 떨어져 내리는 것 같았다. 그 돌멩이 소리는 꽤 오랫동안 들려왔다. 나는 이 마법이 깨질까 두려워, 해질 때까지 손 하나 까딱하지 않고 그곳에 우두커니 서서 몽상에 잠겨 있었다.

저녁때가 다가와 골짜기가 짙은 푸른색을 띠기 시작하고 양들이 매 하고 울면서 무리 지어 우리로 돌아오고 있을 때, 밑으로 내려가는 언덕배기에서 누군가가 나를 부르는 소리가 들렸다. 그러고는 아가씨가 눈앞에 나타났다. 그러나 아가씨의 얼굴에서는 더 이상 웃음을 찾아볼 수 없었고, 물에 흠뻑 젖은 채 추위와 두려움에 떨고 있었다.

아마도 소나기 때문에 물이 분 소르그 강을 기어코 건너려고 하다가 물에 빠질 뻔했던 모양이다. 더 난처한 일은 밤이 되어서 이젠 농장으로 돌아갈 수조차 없게 되었다는 것이다. 지름길이 있다 해도 아가씨 혼자서는 절대 찾을 수 없을 테고, 내가 양 떼를 두고 떠날 수도 없는 노릇이었다. 산에서 밤을 보내야 하며 특히나 가족들이 걱정할 생각에 아가씨는 매우 곤욕스러워했다. 나는 최대한 아가씨를 안심시키려고 노력했다.

"아가씨, 7월은 밤이 짧습니다. 조금만 참으시면 됩니다."

나는 물에 젖은 아가씨의 발과 옷을 말리기 위해 급히 불을 피웠다. 그러고는 우유와 치즈를 아가씨 앞에 가져다주었지만 가엾은 아가씨는 불을 쬐려고도, 무엇을 먹어 보려고도 하지 않았다. 아기씨의 눈에 굵은 눈물방울이 차오르는 것을 보자 나 역시 울고 싶어졌다.

그러는 동안 아주 밤이 되었다. 산마루에는 석양빛이 아주 희미하게 남아 있을 뿐이었다. 나는 아가씨가 우리 안에 들어가 쉬기를 바랐다. 새 볏짚 위에 한 번도 쓰지 않은 예쁜 양가죽을 깔고 아가씨에게 안녕히 주무시라고 인사를 한 후 나는 밖으로 나와 문 앞에 앉았다.

하늘에 맹세코, 내 마음은 그녀를 향해 타오르고 있었지만 불순한 생각은 조금도 갖고 있지 않았다. 우리 한 켠에서 잠든 양들 바로 곁에 우리 주인댁 따님이 – 마치 그 어느 양보다 더 희고 소중한 한 마리 양처럼 – 나의 보호 아래 마음 편히 쉬고 있다는 생각에 그저 자랑스러울 뿐이었다. 이제까지 밤하늘이 그렇게도 어둡고 별들이 그렇게도 빛나 보였던 적은 한 번도 없었다.

그때 갑자기 우리 문이 열리면서 아름다운 스테파네트가 나타났다. 아가씨는 잠을 잘 수 없었던 모양이었다. 양들이 뒤척이며 건초에 바삭바삭 소리를 내기도 하고 꿈을 꾸며 매 하고 울기도 했던 것이다. 그래서 차라리 모닥불 곁으로 오고 싶었던 것이다.

나는 염소 모피를 아가씨 어깨 위에 걸쳐 주고 모닥불을 활활 지폈다. 우리는 아무 말도 하지 않고 그곳에 앉아 있었다. 밤에 별빛 아래서 잠을 청해본 사람이라면 우리가 잠든 시간에 신비로운 세계가 고독과 적막 속에 눈을 뜬다는 사실을 잘 알 것이다. 그때 샘물은 더욱 맑은 소리로 노래를 부르고 연못에는 도깨비불이 반짝이는 것이다. 온갖 산신령들이 자유롭게 돌아다니며, 대기 속에는 마치 나뭇가지가 우거지고 풀이 자라나는 소리와 같은 미세한 소리들이 바스락거리며 일어난다.

낮은 생물들의 세상이지만 밤은 무생물의 세상이다. 이런 밤의 세계에 익숙하지 못한 사람은 조금 무서울 수 있다. 그래서 아가씨도 바들바들 떨면서 아주 작은 소리에도 내게 바짝 다가들었다. 한번은 연못 깊은 곳에서 길고 음산한 울음소리가 물결을 치며 우리들 쪽으로 올라왔다. 이와 동시에 유성이 반짝이며 머리

위를 같은 방향으로 지나며 반짝이는 것이, 마치 우리가 방금 들은 신음소리가 빛을 이끌고 지나가는 것 같았다.

"저게 뭐지?" 스테파네트 아가씨가 내게 속삭이며 물었다.

"천국으로 들어가는 영혼이지요, 아가씨." 나는 이렇게 대답하며 성호를 그었다.

아가씨도 나를 따라 성호를 긋고는 잠시 뚫어지게 하늘을 쳐다보았다. 그러더니 내게 이렇게 물었다.

"그럼 너희 목동들은 마법사라는 말이 정말이니?"

"아니에요, 아가씨. 하지만 우리는 여기서 별과 더 가까운 곳에 살고 있으니 평지에 사는 사람들보다 별나라에서 일어나는 일을 더 알 수 있답니다."

아가씨는 한 손으로 턱을 괴고 마치 작은 하늘의 목동처럼 염소 모피를 두른 채, 여전히 별을 올려다보고 있었다.

"어쩌면 저렇게 많을까! 너무 아름답구나! 이렇게 많은 별은 본 적이 없어. 넌 저 별들의 이름을 알고 있니?"

"물론이죠, 아가씨. 자! 우리들 머리 바로 위를 보세요. 저 별은 은하수랍니다. 좀 더 먼 곳에는 큰곰자리가 있지요."

"저 별들 중 하나는 우리 양 치는 사람들이 '마글론'이라 부르는 별입니다. 이 별은 토성의 뒤를 쫓아 7년마다 결혼을 하지요."

"어머나, 별에게도 결혼이란 것이 있니?"

"그렇답니다, 아가씨."

아가씨에게 별들의 결혼에 대해 설명해 주려고 할 때, 무언가 시원하고 부드러운 감촉이 어깨를 누르는 것이 느껴졌다. 그것

은 아가씨가 졸음에 겨워 무거운 머리를, 리본과 레이스와 길고 검은 머리카락을 기분 좋게 비벼 대며 가만히 기대온 것이었다.

 아가씨는 날이 밝아오면서 별빛이 희미해질 때까지 꼼짝 않고 그대로 기대어 있었다. 나는 아가씨의 잠든 모습을 들여다보고 있었다. 가슴이 설레는 것은 어쩔 수 없었지만, 내 마음은 아름다운 생각만을 하게 해주는 맑은 밤하늘의 보호를 받아 어디까지나 순수한 마음을 지키고 있었다.

 우리를 둘러싼 모든 별들이 마치 거대한 양 떼처럼 유순하게 고요히 그들의 운행을 계속하고 있었다. 이따금 나는 이 별들 중 가장 아름답고 빛나는 별 하나가 부드럽게 내 어깨에 내려앉아 잠을 청하고 있다고 상상했다.

코르니유 영감의 비밀

-알퐁스 도데

 함께 달콤한 포도주를 마시며 저녁시간을 때우려고 가끔씩 나를 찾아오곤 하던 늙은 피리 연주자인 프랑세 미아이가 얼마 전 내게 작은 사건에 대해 이야기해 주었다. 그것은 한 20년 전에 내 방앗간 근처 마을에서 벌어진 이야기였는데 꽤 감동적이었다. 내가 들은 그대로 당신에게 그 이야기를 전한다.
 잠깐 동안, 달콤한 향이 나는 와인 단지를 옆에 두고 앉아, 늙은 피리 연주자가 들려주는 이야기를 듣고 있다고 상상해 보길 바란다.
 선생, 우리 고장이 지금처럼 항상 활기 없는 곳은 아니었소. 예전에는 이곳에 커다란 밀가루 장터가 있어서 수십 킬로 떨어진 곳의 농부들도 밀을 갈기 위해 이곳으로 오곤 했지. 마을을 둘러싼 언덕에는 방앗간들이 빼곡히 들어서 있었소. 어디를 보아도 소나무 위로 찬 북풍을 받으며 돌고 있는 풍차의 날개와 밀가루를 싣고 언덕을 느릿느릿 오르내리는 작은 당나귀들의 행렬을 볼 수 있었지.

매일같이 채찍소리와 풍차 날개의 삐걱거리는 소리, 방앗간 주인들이 일을 재촉하는 소리를 듣는 것은 정말 즐거운 일이었소. 일요일이 되면 이곳 사람들은 무리를 지어 방앗간으로 올라왔고, 방앗간 주인들은 우리에게 백포도주를 돌리며 고마운 마음을 표현하곤 했지.

레이스 숄과 금으로 만든 십자가로 장식한 방앗간 주인의 아내들은 마치 영화에 나오는 사람처럼 예뻐 보였어. 나는 당연히 내 피리를 가져갔고 우리는 밤늦도록 파랑돌(프랑스 프로방스 지방의 춤곡—옮긴이)을 추곤 했네. 알겠소? 이 방앗간들은 이 마을의 재산이자 혼이 깃든 곳이었소.

그런데 불행하게도 몇몇 사람들이 타라스콩으로 가는 길목에 새 증기 제분소를 만들려는 계획을 가지고 파리에서 나타났소. 사람들은 곧 이 제분소로 밀을 보내기 시작했고 불쌍한 방앗간 주인들은 밥줄이 끊기게 되었지. 한동안은 이들도 맞서 싸워 보려 했지만, 증기기관은 새로운 시대가 다가옴을 의미했고, 결국 방앗간은 사라지고 말았소. 하나둘씩 방앗간이 문을 닫고 만 것이지.

사랑스러운 작은 당나귀의 모습은 이제 더 이상 보이지 않았소. 백포도주도, 파랑돌도 자취를 감추었어! 방앗간 주인의 아내들은 금으로 된 십자가를 팔아 겨우 먹고 살았지. 북풍이 아무리

세게 불어도 풍차 날개는 돌아가지 않았소. 그런데 어느 날, 지방 관리들이 폐허가 된 방앗간들을 모두 허물도록 명령했지. 그리고 그 땅에는 포도나무와 올리브나무를 심어 버렸지 뭐요.

이런 몰락 속에서도 한 방앗간만은 살아남아 계속 풍차를 돌렸소. 제분소의 바로 코앞에서도 여전히 용감하게 일을 하고 있었던 거요. 그것은 바로 코르니유 영감의 방앗간이었지. 그래. 지금 우리가 담소를 나누고 있는 바로 이곳이라오.

코르니유 영감은 60년 동안 방앗간 일을 해왔고 그 어떤 것보다 자신의 일을 사랑했소. 그래서 제분소가 문을 열자 그는 크게 분노했지. 그는 일주일 동안 마을 곳곳을 돌아다니며 제분소에서 갈아낸 밀가루가 프로방스 전체를 중독시킬 것이라고 외쳤소. "그놈들 일에는 어떤 것도 상관하지 말게." 그는 이렇게 말했지.

"이 도둑놈들은 악마의 바람과도 같은 증기를 이용하고 있어. 하지만 나는 북풍으로 일을 하지. 이 바람은 바로 신의 숨결이란 말이야." 그는 방앗간을 칭송하며 온갖 좋은 말들은 다 사용했소. 하지만 아무도 그의 말을 듣지 않았소.

완전히 미쳐 버린 영감은 그때부터 자신의 방앗간에 처박혀 마치 우리에 갇힌 동물처럼 혼자 살았지. 심지어는 자신의 손녀딸인 비베트마저 가까이 오지 못하게 했소. 그때 15살이었던 비베트는 부모가 돌아가신 이후 할아버지만이 유일한 가족이었는데도 말이야.

그래서 이 가엾은 어린 소녀는 농가에서 일을 해주고 받는 돈으로 생계를 이어가야 했소. 추수를 거들고 누에를 치고 올리브

열매를 따는 일 등을 도와주었지. 그래도 역시 소녀의 할아버지는 비베트를 무척 사랑했소. 그는 뜨거운 한낮에 종종 손녀를 보기 위해 그녀가 일하고 있는 농장으로 향하곤 했지. 그러고는 가슴 아파하면서 몇 시간이고 손녀를 바라보는 것이었소.

사람들은 이 늙은 방앗간 주인이 비베트를 내보낸 것은 그저 돈 때문이라고 생각했소. 그들이 보기에, 손녀가 주인의 괴롭힘이나 학대, 그리고 어린 소녀가 일을 할 때 겪게 되는 온갖 비참함을 무릅쓰면서까지 이 농장 저 농장을 돌아다니며 일을 하도록 내버려 두는 것은 전혀 말이 되지 않았지.

한때 존경받았던 코르니유 영감이 지금은 집시처럼 거리를 배회하고 있었소. 맨발에 구멍 난 모자를 쓰고 누더기가 된 반바지를 입고 다녔지. 사실 우리같이 나이든 사람들은 일요일에 영감이 미사를 보러 올 때면 그의 모습에 수치심을 느끼곤 했어. 그도 이 사실을 잘 알고 있었기 때문에 교회 안으로 들어와 우리와 함께 앉을 생각은 하지 않았소. 그는 항상 교회 뒤쪽에 가난한 사람들과 함께 있었지.

코르니유 영감에게는 사람들이 이해할 수 없는 점이 하나 있었지. 오랫동안 마을의 어느 누구도 그에게 밀을 가져가지 않았는데도 그의 풍차는 계속 돌아가고 있었던 거요. 저녁이 되면 밀가루 자루를 짊어진 당나귀를 몰고 오솔길을 걸어가는 영감을 볼 수 있었소.

"안녕하세요, 코르니유 영감님!" 농부들은 그에게 이렇게 인사하곤 했소. "방앗간이 아직도 일을 하고 있는 모양이지요?"

"그렇소." 영감은 유쾌하게 대답하곤 했지. "다행히도 일거리가 끊이질 않는군."

하지만 어디서 그런 일거리가 들어오느냐고 묻기라도 하면 영감은 손가락을 입에 대고는 매우 심각하게 이렇게 대답하곤 했소. "비밀로 해야 하네! 난 수출과 관련된 일을 하고 있어." 영감에게서 그 이상의 말을 들을 수는 없었지.

누구도 영감의 방앗간을 들여다볼 엄두를 내지 못했소. 어린 비베트조차 그 안에 들어갈 수는 없었으니까.

사람들이 그의 방앗간을 지나갈 때마다 방앗간 문은 항상 닫혀 있었고 커다란 풍차 날개도 여전히 돌아가고 있었소. 늙은 당나귀는 방앗간 앞에서 풀을 뜯고 있었고 야윈 고양이는 창턱에서 햇볕을 쬐며 지나가는 사람들을 심술궂게 쳐다보곤 했지.

이 모든 것이 왠지 신비스러운 분위기를 자아내어 사람들은 이 방앗간에 대해 이것저것 떠들어대느라 바빴지. 각자 코르니유 영감의 비밀에 대해 의견을 가지고 있었지만, 그 풍차방앗간에는 밀가루 자루보다 돈자루가 더 많으리라는 것이 일반적인 생각이었소.

하지만 결국 모든 것이 밝혀졌소. 자, 들어보시오.

어느 날, 젊은이들이 내 피리 소리에 맞춰 춤을 추고 있을 때 나는 내 큰아들과 어린 비베트가 서로 사랑하고 있다는 것을 알게 되었소. 내심 그것이 싫지는 않았소. 어쨌든 코르니유라는 이름은 이 마을에서 존경받고 있으니 말이오. 게다가 이 예쁘고 어린 비베트가 집 안을 종종거리며 돌아다니는 모습을 보는 것도 꽤 즐거운 일이었소.

하지만 두 아이가 둘이서만 보내는 시간이 많았기 때문에 나는 혹시라도 사고가 생길 경우를 대비해 당장에 이 일을 해결하고 싶었소. 나는 비베트의 할아버지와 이야기를 하려고 방앗간으로 올라갔지. 그런데 그 늙은 영감탱이! 그가 나를 어떻게 맞아들였는지 선생은 믿을 수 없을 거요! 그는 문도 열어 주려 하지 않았소. 나는 열쇠 구멍을 통해서 내가 온 까닭을 이야기했지. 그러는 동안 그 비쩍 마른 고양이가 내 머리 위 창턱에서 가르릉거리고 있었소.

영감은 내 말을 끝까지 듣지도 않고 무례한 말투로 나더러 돌아가서 피리나 불라고 말했소. 그리고 아들을 결혼시키는 것이 그렇게 급하면 제분소 여자들이나 찾아보라고도 했지. 이런 말을 듣고 내가 얼마나 분노했을지 짐작이 갈 거요. 하지만 나는 현명하게 화를 가라앉히고, 그 늙은 바보가 밀가루나 빻고 있도록 내버려두었소.

집으로 돌아온 나는 아이들에게 크게 실망한 이 일에 대해 들려주었소. 순진한 아이들은 내 이야기를 믿지 못했지. 그래서 자신들이 직접 영감을 만나 이야기해 봐도 좋을지 내게 물어보았소. 나는 아이들의 청을 차마 거절하지 못했고, 아이들은 후다닥 달려 나갔소.

아이들이 방앗간에 도착했을 때, 마침 코르니유 영감은 어디론가 나가고 없었소. 문은 이중으로 잠겨 있었지만, 영감이 사다리를 밖에 놔둔 채 나간 모양이더군. 아이들은 곧장 창문을 통해 안으로 들어가 이 말 많은 방앗간 안에 무엇이 있는지 볼 수 있었소.

놀랍게도 밀을 가는 방은 텅 비어 있었다는군. 밀가루 자루는 하나도 없었고 밀알 한 톨도 보이지 않았소. 벽이나 거미줄에도 밀가루의 흔적은 찾아볼 수 없었지. 심지어 방앗간에서 풍기게 마련인 밀을 갈 때의 그 따뜻하고 향긋한 냄새도 없었어. 밀을 가는 기계는 먼지로 덮여 있었고 굶주린 고양이가 그 위에서 잠을 자고 있었지.

아래층 역시 사람 손이 닿지 않아 황량하기는 마찬가지였소. 초라한 침대, 누더기 몇 벌, 계단 위에 놓여 있는 빵 한 조각, 그리고 한쪽 구석에 서너 개의 자루가 열려 있는 것이 눈에 띄었는데, 그 안에는 돌무더기와 회벽 조각들이 넘쳐나고 있었소.

그것이 바로 코르니유 영감의 비밀이었소! 저녁마다 그가 길을 오가며 나르던 것이 바로 이 회반죽이었던 거요. 이 모든 것이 단지 방앗간의 명성을 지키고 사람들로 하여금 방앗간에서 여전히 밀가루를 만들고 있다고 믿게 하기 위한 것이었지. 가엾은 영감! 코르니유 영감은 이미 오래 전에 일거리가 끊긴 상태였소. 풍차는 계속 돌고 있었지만 맷돌에는 갈 것이 하나도 없었던 거요.

아이들은 눈물을 흘리며 돌아와 자신들이 본 것을 내게 이야기해 주었소. 아이들의 이야기를 듣는 내 마음은 찢어졌소. 나는 곧장 이웃사람들에게 달려가 아주 간략하게 이 사실을 설명했소. 우리는 지금 당장 모을 수 있는 밀은 모두 모아 코르니유의 방앗간으로 가지고 가자는 데 동의했소. 그런 다음 그대로 실행에 옮겼지. 온 마을 사람들이 방앗간으로 가는 길에서 만나 밀을 실은 당나귀와 함께 줄지어 산꼭대기에 도착했소. 이번에는 진짜 밀을 나른 거요.

방앗간은 활짝 열려 있었소. 문 앞에는 코르니유 영감이 회벽이 든 자루 위에 앉아 손에 얼굴을 파묻고 울고 있었소. 그는 조금 전 돌아와 자기가 나간 사이에 누군가 방앗간 안에 침입했으며 자신의 애처로운 비밀이 들통 나 버렸다는 사실을 알아차린 거요.

"내 꼴도 참 불쌍하기도 하지." 그가 이렇게 말했소. "차라리 죽는 편이 낫겠구먼. 이 방앗간을 수치스럽게 만들었어."

그리고 그는 비통하게 흐느끼며 마치 자신의 방앗간이 듣고 있기라도 한 듯 방앗간에게 온갖 위로의 말을 건네더군. 바로 그때

당나귀들이 도착했고, 우리는 그 옛날 좋은 시절에 그랬던 것처럼 모두 크게 소리 지르기 시작했소.

"여어, 거기, 방앗간! 이봐요, 코르니유 씨!"

그러고는 방앗간에 자루를 쌓아 올렸소. 황금빛이 도는 사랑스러운 밀알이 땅바닥에 온통 흘러넘쳤지.

코르니유 영감은 눈을 휘둥그레 뜨고 늙은 손에 밀을 한 주먹 움켜쥐고서 울었다 웃었다 했네.

"밀이다! 오, 하느님! 진짜 밀이구나! 내 눈이 실컷 볼 수 있게 놔두게."

그러더니 그는 우리를 향해 돌아서서 이렇게 말했소.

"자네들이 돌아올 줄 알고 있었어. 제분소를 가지고 있는 작자들은 모두 도둑놈들이야."

우리는 영감을 어깨에 태우고 의기양양하게 그를 마을로 데려가고 싶었소.

"아냐, 아냐, 이보게. 무엇보다 먼저 나는 내 방앗간에게 먹을 것을 좀 줘야겠네. 생각해 보게. 저놈은 너무 오랫동안 아무것도 갈지 못하지 않았는가!"

영감이 자루 사이를 종종거리고 돌아다니며 자루 속의 밀을 맷돌에 집어넣고, 고운 밀가루들이 바닥에 흩뿌려지는 것을 지켜보는 모습을 보자 우리 모두 눈시울이 붉어졌소.

그날 이후로 우리는 그 늙은 방앗간 주인이 결코 일감이 떨어지는 일이 없도록 했다는 것만 알아주시오. 하지만 어느 날 아침, 코르니유 영감이 세상을 떠나고 우리의 마지막 풍차 방앗간의 날개도 마침내 최후를 맞이했소. 코르니유 영감이 죽자 아무도 그의 자리를 물려받지 않은 거요.

우리가 달리 어쩔 수 있었겠소, 선생? 이 세상에서는 모든 것이 다 끝이 있게 마련이고, 우리는 방앗간의 시대도 저물어갔음을 인정해야 하오. 말이 끄는 바지선을 타고 론 강을 건너던 시대나 지방 의회, 예전에 남자들이 입던 꽃을 수놓은 코트처럼 말이요.

아를르의 여인

- 알퐁스 도데

 방앗간에서 마을로 내려가다 보면 어떤 농가를 지나가게 된다. 그 집의 넓은 앞마당에는 키가 큰 지중해 팽나무가 심어져 있다. 붉은 기와와 큰 갈색 벽, 여기저기에 문과 창문이 달린 전형적인 프로방스 지방 소지주의 집이다. 지붕 꼭대기에는 풍향계와 건초를 끌어올리는 도르래가 있고, 건초 몇 다발이 삐져나와 있다.

 왜 이 특별한 집이 나를 잡아당기는 것일까? 어째서 그 닫힌 문이 내 피를 얼어붙게 하는 걸까? 나도 잘 모르겠다. 하지만 이 집이 나를 오싹하게 만든다는 것만은 확실하다. 집 주위는 으스스할 만큼 고요했다. 개들조차 짖지 않았고, 뿔닭은 소리 없이 사방으로 흩어져 날아갔다.

 집 안에서는 아무 소리도 들리지 않았다. 실로 노새의 방울 소리조차 들리지 않았다. 창문에 흰 커튼이 드리워져 있지 않고 지붕 위 굴뚝에서 연기가 피어오르지 않았다면 아마 빈 집이라 여겼을 것이다.

어제 정오쯤 나는 마을에서 돌아오는 길에 눈 부신 햇살을 피하려고 이 농가 담벼락을 따라 늙은 팽나무 그늘 밑을 걷고 있었다. 농가 앞으로 난 길에서는 남자들이 말없이 마차에 건초를 싣는 일을 마무리하고 있었다. 대문은 열려 있었고, 뜰 안쪽에 키가 큰 백발의 노인 한 분이 커다란 돌 테이블 위에 팔꿈치를 괴고 손으로 머리를 감싸 쥐고 있는 모습이 보였다. 그는 짧은 저고리와 해진 바지를 입고 있었다. 나는 가던 길을 멈추고 그를 바라보았다. 한 사내가 겨우 들을 수 있는 목소리로 내게 속삭였다.

"쉿! 저희 주인어른이랍니다. 아드님이 돌아가신 후 계속 저러고 계신답니다."

그때 검은 상복을 입은 부인과 작은 소년이 금박을 한 두꺼운 기도서를 들고 우리 곁을 지나 농가 안으로 들어갔다.

남자가 말을 이었다.

"미사에서 돌아오는 주인마님과 작은 아드님이지요. 큰 아드님이 자살한 뒤로 매일 저렇게 미사에 나가신답니다. 아, 선생님, 얼마나 가슴 아픈 일입니까. 아버지는 죽은 아들의 옷을 입고 있는데, 아무리 벗기려야 벗길 수가 없답니다. 어이, 이랴!"

마차는 휘청거리며 움직이기 시작했지만, 나는 좀 더 이야기를 듣고 싶은 마음에 마부에게 곁에 앉게 해 달라고 부탁했다. 그리하여 나는 마차 위 건초더미 속에서 어린 장의 저 슬픈 이야기를 모조리 듣게 되었다.

장은 소녀처럼 온순하면서도 체격이 좋고 다정한, 더할 나위 없이 훌륭한 스무 살 농부였다. 아주 미남이었기 때문에 많은 여자들의 시선을 끌었지만, 그는 오직 한 여인, 벨벳과 레이스로 치장한 아를르의 한 자그마한 아가씨에게만 관심이 있었다.

그는 아를르 주 광장에서 그녀와 한 번 만났을 뿐이었다. 처음에는 그의 집에서 두 사람의 관계를 탐탁지 않게 받아들였다. 그 아가씨는 바람둥이라는 소문이 있었고, 그녀의 부모도 그 지방 사람이 아니었다. 하지만 장은 어떤 대가를 치르더라도 그 아가씨와 결혼을 하고 싶었다. 그래서 그는 이렇게 말했다.

"그 여자와 결혼할 수 없다면 전 죽어 버릴 거예요."

그리하여 가족들도 그의 말을 들어줄 수밖에 없었다. 부모는 추수가 끝난 후 두 사람을 결혼시키기로 했다.

어느 일요일 저녁, 가족들이 앞마당에서 저녁 식사를 막 끝냈을 때였다. 그 식사는 결혼식 피로연이나 마찬가지였다. 약혼녀가 그 자리에 참석하지 않았지만 모두들 그녀의 건강과 안위를 위해 시종 축배를 들고 있었다. 그때 한 남자가 느닷없이 문 앞에 나타나더니 말을 더듬으며 에스떼브 주인님에게만 전할 말이 있다고 했다. 에스떼브는 자리에서 일어나 길가로 나갔다.

"영감님, 당신은 지금 부정한 여자를 며느리로 삼으려고 하고 있습니다. 그 여자는 2년 동안 저의 정부였습니다. 그 증거로 여기 그녀의 편지가 있습니다! 그녀의 부모도 우리에 대해 모두 알고 있고 우리의 결혼을 승낙했습니다. 하지만 영감님의 아들이 그 계집에게 관심을 보인 후부터 그 부모도, 그 계집도 저를 거들

떠보지도 않더군요. 하지만 저는 그런 과거가 있는 계집이 다른 누구와 결혼하는 것은 도의상 절대 있어서는 안 되는 일이라고 생각합니다."

"알겠소."

편지를 쭉 훑어본 에스떼브 영감님이 이렇게 말했다.

"들어와서 포도주나 한잔하시오."

남자가 대답했다.

"고맙지만 너무 원통해서 함께 술을 마실 기분이 아닙니다."

그리고 남자는 사라졌다.

주인은 아무 일도 없다는 듯이 돌아와 식탁에 앉았다. 식사는 꽤 즐겁게 끝났다.

그날 저녁, 에스떼브 영감님은 아들을 데리고 들로 나갔다. 두 사람은 얼마 동안 밖에 있었고, 이들이 돌아왔을 때 어머니가 두 사람을 기다리고 있었다.

"여보. 이 아이를 좀 안아 주구려. 아주 가엾은 녀석이야." 영감은 아들을 어머니에게 데리고 가며 이렇게 말했다.

장은 아를르 여인에 대해 다시는 입도 뻥긋하지 않았다. 하지만 여전히 그 여자를 사랑하고 있었다. 다른 사람의 여자라는 것을 알게 된 후 더욱 사랑하게 된 것이다. 문제는 그가 자존심이 너무 세어 그런 말을 하지 않았다는 것이다.

이것이 그 가엾은 청년을 죽게 만들었다. 가끔씩 그는 방구석에 혼자 틀어박혀 하루 종일 꼼짝도 않고 있곤 했다. 또 어떤 때는 정신없이 밭으로 나가 혼자서 열 사람의 일을 해치우기도 했다.

저녁때가 되면 그는 아를르 시의 교회 첨탑이 서쪽 하늘에 보일 때까지 아를르로 뻗은 길을 따라 하염없이 걷곤 했다. 그리고 거기까지 갔다가 다시 되돌아오는 것이었다. 결코 그보다 더 멀리 나가지는 않았다.

그가 항상 이렇게 슬픔에 잠겨 외로워하는 것을 보고 농장 사람들은 모두 어떻게 해야 할지 몰랐다. 가족들은 불상사가 일어나지 않을까 걱정했다. 한번은 식사를 하던 중에 어머니가 눈물이 가득한 눈으로 아들에게 말했다.

"그래, 장, 들어보렴. 네가 정말 그 여자를 원한다면 결혼시켜 주마."

아버지는 창피스러워 얼굴을 붉히며 머리를 숙였다.

장은 고개를 흔들고는 그 자리를 떠났다.

그날부터 장은 태도를 바꿔 부모를 안심시키기 위해 언제나 명랑한 척 꾸며 댔다. 그는 다시 무도회나 술집, 그리고 소들에게 낙인을 찍은 후 으레 열리는 마을 잔치에도 모습을 나타냈다. 퐁비에유의 축제에서는 앞장서 파랑돌 춤을 추기도 했다.

아버지는 "저 녀석이 이제 다 훌훌 털어 버린 모양이야." 하고 말했다. 하지만 어머니는 여전히 걱정스러운 마음에 전보다 더 유심히 아들을 지켜보곤 했다. 장은 누에 치는 곳 바로 옆방에서 동생과 함께 잤다. 불쌍한 어머니는 두 아들이 자는 바로 옆방에 자기 침대를 옮겨 놓았다. 밤중에 누에를 돌봐야 한다는 핑계를 대고서 말이다.

소지주들의 수호신인 성 엘르와의 축제일이 되었다.

이날은 농가의 큰 기쁨이었다. 모두가 샤또뇌프 술을 실컷 마실 수 있었고 달콤한 포도주도 넘쳐 났다. 그러고는 크래커(영국에서 크리스마스 파티나 만찬 때 쓰는 것으로, 두 사람이 양쪽 끝을 잡고 끌어당기면 폭죽 터지는 소리가 나게 만든 튜브 모양의 긴 꾸러미. 속에는 보통 종이 모자나 작은 선물 등이 들어 있다.-옮긴이)가 터지고 모닥불이 타오르며 팽나무 가득히 형형색색의 등불이 걸렸다.

성 엘르와 만세! 모두가 지쳐 쓰러질 때까지 파랑돌 춤을 추었다. 동생은 새로 만든 작업복을 태워 먹었다. 장 역시 즐거워 보였고, 어머니에게 춤을 추자고 권하기도 했다. 어머니는 기쁨의 눈물을 흘렸다.

자정이 되자 사람들은 모두 자러 갔다. 모두가 지쳐 있었다. 하지만 장만은 자지 못했다. 그가 밤새 흐느꼈다고 동생이 나중에 말해 주었다. 아, 그는 정말 무척이나 괴로웠을 것이다.

다음 날 아침 어머니는 누군가가 아들의 침실을 지나 달려가는 소리를 들었다. 그녀에게 어떤 예감이 엄습했다.

"장이니?"

장은 대답이 없었다. 그는 이미 층계를 오르고 있었다.

어머니는 재빨리 일어나 말했다.

"장, 어디 가는 거니?"

장은 다락방을 오르고 있었다. 어머니가 그 뒤를 쫓아갔다.

"도대체 왜 그러니!"

그는 문을 닫고 빗장을 걸었다.

"장, 장, 대답 좀 하렴. 뭐 하는 거니?"

어머니는 주름진 손을 떨면서 문고리를 더듬어 찾았다. 그때 창문이 열리면서 앞마당에 깐 평판 위에 무언가 떨어지는 소리가 들렸다. 그러고는 끔찍할 만큼 조용해졌다.

이 불쌍한 청년은 이렇게 생각했던 것이다. "그녀를 너무 사랑하는구나. 이 모든 것을 끝내 버리고 싶다." 아, 우리 인간은 얼마나 가엾은 존재인지! 아무리 경멸하려 해도 사랑하는 마음을 꺾을 수가 없으니 참으로 가혹한 일이 아니겠는가.

그날 아침 마을 사람들은 에스떼브 농가에서 누가 그렇게 울었는지 의아해했다.

그것은 마당 안, 이슬과 피로 범벅이 된 포석 앞에서 축 늘어진 죽은 아들을 끌어안고 통곡하는 어머니의 울음소리였다.

스갱 씨의 염소
- 파리의 서정시인 피에르 그랭고와르에게

-알퐁스 도데

  자넨 결코 성공하지 못할걸세, 그랭고와르!
  난 도저히 믿을 수가 없네! 파리의 좋은 신문사에 기자 자리를 제시했는데 그걸 거절할 정도로 자네가 철면피였다니. 자네 모습을 좀 보게, 이 친구야. 그 구멍 난 더블릿(14~17세기에 남성들이 입던 짧고 꼭 끼는 상의-옮긴이)하며, 닳아 빠진 바짓가랑이, 굶주림을 여실히 드러내는 초췌한 얼굴을 좀 보란 말일세. 고작 그런 것이 시에 대한 열정이란 말인가! 10년 동안 충실히 글을 쓴 대가가 얼마나 되는지 좀 보게. 자넨 정말 자존심도 없는가?
  그러니 그 제안을 받아들이고 기자가 되라고, 이 바보 같은 친구야! 돈도 벌 것이고 브레방 식당에서 식사도 할 수 있고 연극 초연에 보란 듯이 나타날 수 있게 될 거란 말일세.

아니라고? 자넨 그런 걸 바라지 않는다고? 자넨 끝까지 자네 멋대로 자유롭게 지내는 걸 더 좋아하는군. 그럼 스갱 씨의 마지막 남은 아기 염소 이야기를 들어보게. 자유에 대한 갈망으로 자네가 얻게 되는 것이 무엇인지 알게 될걸세.

스갱 씨는 염소를 키우면서 한 번도 운이 좋았던 적이 없었지. 그는 똑같은 방법으로 염소를 모두 잃어버렸네. 어느 화창한 아침, 염소들이 묶어 놓은 밧줄을 끊고 산으로 도망가 버리면 크고 사나운 늑대가 염소들을 잡아먹어 버리는 것이지.

주인의 따뜻한 손길도 늑대에 대한 두려움도 염소들을 붙잡아 두지 못했지. 염소들은 어떤 대가를 치르더라도 자유와 광활한 공간을 원하는 거였네.

그러나 동물들의 마음을 알지 못한 스갱 씨는 크게 실망하여 이렇게 말했네.

"이제 다 끝났어. 염소들이 이곳에 싫증이 난 모양이야. 난 이제 단 한 마리도 못 데리고 있겠어."

하지만 그는 완전히 낙담한 것은 아니어서 염소 여섯 마리를 잃어버린 후에도 일곱 번째 염소를 또 샀다네. 이번에는 더 잘 길들일 수 있도록 아주 어린 녀석으로 샀지.

아! 스갱 씨의 어린 염소는 정말 예뻤다네. 유순하게 생긴 눈과 수염, 검게 빛나는 발굽, 줄무늬가 있는 뿔, 그 녀석에게 좋은 외투가 되어 주는 길고 하얀 털! 거의 에스메랄다의 어린 염소만큼 사랑스러웠지. 기억나, 그랭고와르? 젖 짤 때 움직이지도 않고, 대접에 발을 넣지도 않고 아주 고분고분하고 다정한 염소였지.

정말 사랑스러운 꼬마 염소였어.

스갱 씨 집 뒤는 산사나무로 둘러싸여 있었는데, 그는 바로 여기에다 새 어린 염소를 놓아두었네. 그는 풀밭의 가장 좋은 자리에 있는 말뚝에 이 녀석을 묶어 놓았네. 신경 써서 줄을 길게 해 주고 종종 염소가 잘 있는지 보러 가곤 했네. 염소는 아주 행복해 보였고 열심히 풀을 뜯고 있었기 때문에 스갱 씨는 너무 기뻤지.

"마침내 불쌍한 내가 승리를 거두었군. 이 녀석은 이곳을 지겨워하지 않으니 말이야!"

하지만 스갱 씨의 생각은 틀렸다네. 염소가 지겨워하기 시작했던 거야.

어느 날 어린 염소는 산을 바라보면서 이렇게 생각했네.

"저 위에 있으면 얼마나 멋질까! 내 목에 쓸리는 이 밧줄도 없이 황야를 뛰어다니면 얼마나 좋을까. 이렇게 갇혀서 풀을 뜯는 것은 소나 당나귀에게나 어울리는 일이지, 염소들은 마음껏 돌아다닐 수 있게 해야 한단 말이야."

이때부터 염소는 울타리 안의 풀 맛이 없어지기 시작했네. 그 녀석에게 권태기가 찾아온 거지. 염소는 몸이 마르고 젖도 거의 말라 버렸네. 녀석이 머리를 산 쪽으로 향한 채 콧구멍을 벌리고 구슬프게 '매' 하고 울면서 하루 종일 끈을 잡아당기는 것을 보는 것은 참으로 가련했다네.

스갱 씨는 염소에게 뭔가 잘못됐다는 것은 눈치챘지만 그것이 무엇인지는 알지 못했지. 어느 날 아침, 스갱 씨가 염소의 젖을 다 짜고 나자 녀석은 스갱 씨를 바라보며 이렇게 말했네.

"들어 보세요, 스갱 아저씨. 전 이곳에서 여위어 가고 있어요. 제가 산으로 가게 해 주세요."

"아, 맙소사. 이놈도 역시!" 스갱 씨는 깜짝 놀라 젖 그릇을 떨어뜨리며 외쳤지. 그러고는 염소 곁 풀밭에 앉아 이렇게 말했다네.

"그렇구나, 나의 블랑캐트. 네가 날 떠나고 싶어 하다니!"

그러자 블랑캐트가 대답했네.

"네, 스갱 아저씨."

"여기 풀이 부족하니?"

"아, 아니에요. 스갱 아저씨."

"줄이 너무 짧은가 보구나. 줄을 길게 해주련?"

"그런 건 중요하지 않아요, 스갱 아저씨."

"그럼 필요한 것이 무엇이냐? 무얼 원하니?"

"저는 산으로 가고 싶어요, 스갱 아저씨."

"가엾은 것. 하지만 산에는 크고 사나운 늑대가 있다는 걸 모르니? 늑대가 나타나면 그땐 어떻게 할 거니?"

"늑대를 들이받아 버릴게요, 스갱 아저씨."

"크고 사나운 늑대는 네 뿔과 상대가 되지 않는단다. 늑대는 너보다 훨씬 큰 뿔을 가진 염소들도 많이 잡아먹어 버렸지. 작년에 이곳에 있었던 불쌍한 르노드에 대해 생각해 봤니? 그 녀석은 정말 튼튼하고 고집도 센 것이 꼭 숫염소 같았지. 그 녀석은 밤새 늑대와 싸웠지만 아침에 결국 늑대에게 잡아먹히고 말았단다."

"불쌍한 르노드! 하지만 그래도 바뀌는 건 없어요, 스갱 아저씨. 저를 산으로 보내 주세요."

"맙소사! 도대체 내 염소들에게 무슨 일이 일어난 거지? 또 한 녀석이 늑대 밥이 되겠구나. 내가 그렇게 두지 않을 거야. 아무리 그래도 난 널 구할 거란다, 이 녀석. 네가 줄을 끊지 못하도록 외양간에 가둬야겠다. 넌 거기에 있을 거야."

스갱 씨는 말이 끝나기가 무섭게 염소를 캄캄한 외양간에 가두고 문을 단단히 잠가 두었다네. 하지만 창문을 닫는 것을 깜박했고, 그가 등을 돌리기가 무섭게 염소는 달아나 버렸지.

웃고 있나, 그랭고와르? 그렇겠지! 자네가 스갱 씨 편이 아니라 염소 편이라는 것쯤은 확실히 알 수 있네. 자네가 계속 웃을 수 있을지 두고 보세.

하얀 염소가 산에 도착했을 때는 그야말로 황홀 그 자체였지. 늙은 전나무들, 그처럼 사랑스러운 것은 한 번도 본 적이 없었던 거야. 염소는 왕비처럼 대접을 받는 기분이었네.

밤나무는 잎사귀 끝으로 염소를 쓰다듬어 주느라 땅바닥까지 몸을 굽혔고, 금작화는 염소가 지나가도록 길을 만들어 주고 최대한 닿지 않으려고 애썼지. 산 전체가 염소가 온 것을 환영했네.

그랭고와르, 그러니 우리 염소가 얼마나 행복했을지 생각해 보게! 밧줄도 없고 말뚝도 없고 아무 데나 가서 원하는 만큼 풀을 뜯어먹는 걸 막을 것이 아무것도 없었지. 그 부근에는 풀이 아주 많았다네. 뿔이 풀 속에 파묻힐 지경이었으니 얼마나 많은 풀이 있었겠나!

거기다 맛도 좋고 부드럽고 솜털 같은 풀들이 빽빽하게 들어서 있으니 울타리 안의 풀과는 비교도 안 될 만큼 훌륭한 것이었지.

또 꽃도 있었다네! 큰 블루벨, 꽃자루가 긴 자줏빛 디기탈리스 등 숲이 온통 자극적인 즙이 넘쳐흐르는 야생화로 가득 차 있었네.

하얀 염소는 반쯤 취해 다리를 공중에서 마구 흔들며 풀 속에서 뒹굴기도 하고 밤나무 아래 낙엽과 뒤범벅이 되어 비탈을 따라 구르기도 했지. 그러고는 갑자기 껑충 뛰어오르기도 했지. 머리를 내밀고 회양목과 금작화 더미 사이를 부주의하게 돌아다니면서 모든 곳을 헤집고 다녔네. 그 산 속에 스갱 씨의 염소가 여러 마리 있다고 생각했을 지경이었지.

분명 블랑캐트는 아무것도 두려운 것이 없었네. 물을 흠뻑 튀기고 있는 큰 급류를 한 번에 뛰어넘었지. 물에 흠뻑 젖은 녀석은 어느 널찍한 바위 위에 몸을 쭉 늘어뜨린 채 햇볕에 몸을 말렸네. 한번은 나도 싸리 꽃을 입에 물고 언덕 가장자리로 다가가서 저 아래 평지에 있는 스갱 씨의 집과 울타리를 발견했네. 녀석은 눈물이 나도록 웃어 댔지.

"정말 작지 뭐야! 어떻게 내가 저런 곳에서 참고 있었을까?"

이 가엾은 어린 짐승은 까마득한 저 아래를 내려다보며 자신이 세상의 가장 높은 곳에 있다고 믿었다네.

요컨대 그날은 스갱 씨의 어린 염소에게는 행복한 날이었네. 정오쯤에는 이리저리 뛰어다니다가 머루를 오독오독 먹고 있는 영양 떼도 만났으니까. 흰 드레스를 입은 우리의 작은 꼬마는 완전히 센세이션을 일으켰지.

신사다운 영양 떼들은 염소가 가장 좋은 머루를 먹을 수 있도록 자리를 내어 주었네. 이건 우리끼리니 하는 이야기인데, 검은

털의 젊은 영양 한 마리가 블랑캐트의 시선을 사로잡은 것 같기도 했네. 두 연인은 한두 시간 동안 숲 속을 헤매고 다녔지. 이들이 주고받은 얘기를 알고 싶거든 이끼 속에 보이지 않게 구불거리며 졸졸 흐르고 있는 시내에게 물어보게.

갑자기 바람이 쌀쌀해졌네. 산은 보랏빛으로 변했고 저녁이 되어 버렸지.

"벌써!" 어린 염소는 이렇게 말하고 놀라서 멈춰 섰네.

산골짜기에서는 들이 안개에 젖어 있었어. 스갱 씨의 울타리는 안개에 가려졌고 집은 지붕과 희미한 연기만이 보일 뿐이었지. 염소는 집으로 돌아가는 양 떼들의 방울 소리를 듣고 기분이 아주 우울해지는 것을 느꼈네. 집으로 돌아가던 큰 매 한 마리가 날개로 녀석을 스치며 지나갔지. 녀석은 움찔하고 놀랐네. 그러고는 산 속에서 짐승들의 울음소리가 울려 퍼졌다네.

그제야 녀석은 크고 사나운 늑대 생각이 났지. 하루 종일 까맣게 잊고 있었는데 말일세. 바로 그때 저 멀리 계곡에서 나팔소리가 났네. 마지막으로 노력해 보는 스갱 씨였다네.

늑대가 다시 울부짖었네.

"돌아오렴! 돌아오렴!" 나팔이 울었지.

블랑캐트는 돌아가고 싶었네. 하지만 말뚝과 밧줄, 둘러싸인 울타리를 떠올렸지. 염소는 이제 다시는 그런 생활에 익숙해질 수 없으며 그냥 산속에 남는 편이 더 낫다고 생각했지.

나팔소리가 잠잠해졌네.

염소는 자기 뒤에서 나뭇잎의 바스락 소리를 들었네. 염소는 뒤돌아보았고, 그늘 속에서 두 개의 짧고 쫑긋 선 귀와 반짝이는 두 눈을 보았네. 그것은 크고 사나운 늑대였다네.

엄청나게 큰 것이 움직이지도 않고 뒷다리를 바닥에 대고 앉아서는 하얀 꼬마 염소를 쳐다보며 군침을 삼키고 있었지. 늑대는 염소가 결국은 자신의 밥이 될 것을 잘 알고 있었기 때문에 조금도 서두르지 않았네. 염소가 뒤돌아섰을 때 고약하게 웃을 뿐이었지.

"하! 하! 스갱 씨의 어린 염소로군!" 늑대는 붉은 혀로 다시 한 번 입맛을 다셨지.

블랑캐트는 모든 것이 끝났다고 생각했네. 밤새 용감하게 싸운 후 늑대의 밥이 되어 버린 늙은 르노드의 이야기를 잠시 떠올리면서, 어쩌면 얼른 잡아먹히는 게 더 나을 거라고 생각했지. 하지만 곧 생각을 바로잡고는 머리를 아래로 하고 뿔을 앞으로 한 채, 스갱 씨의 용감한 어린 염소처럼 크고 사나운 늑대에게 맞섰네. 자신이 늑대를 죽이겠다고 기대해서가 아니라 – 염소가 늑대를 죽이지 못하니까 – 그저 르노드만큼 오래 견딜 수 있을지 보고 싶었던 거야.

크고 사나운 늑대가 가까이 다가오자 염소는 작은 뿔로 싸움에 응했네.

아! 용감한 어린 염소여. 그 녀석이 얼마나 사력을 다해 싸웠던지. 그랭고와르, 맹세컨대 녀석은 열 번이나 늑대가 숨을 고르느라 뒤로 물러서게 했네. 이렇게 짧게 숨을 돌리는 동안 녀석은 재빨리 자신이 그토록 좋아하는 풀을 한두 입 뜯어서 여전히 입으로 우물거리며 다시 전투에 임했네. 그렇게 밤이 새 버렸지. 가끔씩 스갱 씨의 어린 염소는 맑은 하늘에서 빛나고 있는 별들을 올려다보며 이렇게 혼잣말을 했지.

"아, 아침까지만 내가 버틸 수 있으면 좋으련만."

별들이 하나둘씩 희미해져 갔네. 블랑캐트는 격렬하게 돌격했고 늑대는 이빨로 물어뜯었네. 희미한 햇빛이 점점 지평선에 나타났고, 어린 수탉이 아래 농가에서 목이 쉬도록 울어 댔지.

"드디어!" 용감하게 죽을 수 있도록 아침이 오기만을 기다렸던 불쌍한 염소가 말했네. 그리고 염소는 땅에 쓰러졌네. 아름다운 하얀 털은 피로 얼룩져 있었지.

그러자 마침내 늑대가 어린 염소에게 달려들어 먹어 치우고 말았네.

잘 있게, 그랭고와르!

자네가 들은 이야기는 내가 지어낸 것이 아닐세. 자네가 프로방스에 온다면 우리 소작농들이 밤새 크고 사나운 늑대와 싸우고 아침에 잡아먹혀 버린 스갱 씨의 어린 염소에 대해 자주 이야기해 줄 걸세.

잘 생각해 보게, 그랭고와르. 크고 사나운 늑대가 아침에 염소를 잡아먹었다는 것을.

preface

To Leon Werth

I ask children to forgive me for dedicating this book to a grown-up. I have a serious excuse: this grown-up is the best friend I have in the world. I have another excuse: this grown-up can understand everything, even books for children. I have a third excuse: he lives in France where he is hungry and cold. He needs to be comforted. If all these excuses are not enough then I want to dedicate this book to the child whom this grown-up once was. All grown-ups were children first. (But few of them remember it.) So I correct my dedication:

To Leon Werth, When he was a little boy

THE LITTLE PRINCE

어린 왕자

Antoine Marie-Roger
de Saint-Exupery

영문판 *The Original Text*

The Little Prince

- Antoine Marie-Roger de Saint-Exupery -

Chapter 1

Once when I was six years old I saw a magnificent picture in a book, called True Stories from Nature, about the primeval forest. It was a picture of a boa constrictor in the act of swallowing an animal. Here is a copy of the drawing.

In the book it said: "Boa constrictors swallow their prey whole, without chewing it. After that they are not able to move, and they sleep through the six months that they need for digestion."

I pondered deeply, then, over the adventures of the jungle. And after some work with a colored pencil I succeeded in making my first drawing. My Drawing Number One. It looked like this: I showed my masterpiece to the grown-ups, and asked them whether the drawing frightened them.

But they answered: "Frighten? Why should any one be frightened by a hat?"

My drawing was not a picture of a hat. It was a picture of a boa constrictor digesting an elephant. But since the grown-ups were not able to understand it, I made another drawing: I drew the inside of the boa constrictor, so that the grown-ups could see it clearly. They always need to have things explained. My Drawing Number Two looked like this: The grown-ups' response, this time, was to advise me to lay aside my drawings of boa constrictors, whether from the inside or the outside, and devote myself instead to geography, history, arithmetic and grammar. That is why, at the age of six, I gave up what might have been a magnificent career as a painter.

I had been disheartened by the failure of my Drawing Number One and my Drawing Number Two. Grown-ups never understand anything by themselves, and it is tiresome for children to be always and forever explaining things to them. So then I chose another profession, and learned to pilot airplanes. I have flown a little over all parts of the world; and it is true that geography has been very useful to me. At a glance I can distinguish China from Arizona. If one gets lost in the night, such knowledge is valuable.

In the course of this life I have had a great many encounters with a great many people who have been concerned with matters of consequence. I have lived a great deal among grown-ups. I have seen them intimately, close at hand.

And that hasn't much improved my opinion of them.

Whenever I met one of them who seemed to me at all clear-sighted, I tried the experiment of showing him my Drawing Number One, which I have always kept. I would try to find out, so, if this was a person of true understanding.

But, whoever it was, he, or she, would always say: "That is a hat." Then I would never talk to that person about boa constrictors, or primeval forests, or stars. I would bring myself down to his level. I would talk to him about bridge, and golf, and politics, and neckties. And the grown-up would be greatly pleased to have met such a sensible man.

Chapter 2

So I lived my life alone, without anyone that I could really talk to, until I had an accident with my plane in the Desert of Sahara, six years ago. Something was broken in my engine. And as I had with me neither a mechanic nor any passengers, I set myself to attempt the difficult repairs all alone. It was a question of life or death for me: I had scarcely enough drinking water to last a week. The first night, then, I went to sleep on the sand, a thousand miles from any human habitation. I was more isolated than a shipwrecked sailor on a raft in the middle of the ocean. Thus you can imagine my amazement, at sunrise, when I was awakened by an odd little voice. It said: "If you please — draw me a sheep!"

"What!"

"Draw me a sheep!"

I jumped to my feet, completely thunderstruck. I blinked my eyes hard. I looked carefully all around me. And I saw a most extraordinary small person, who stood there examining me with great seriousness. Here you may see the best portrait that, later, I was able to make of him. But my drawing is certainly very much less charming than its model.

That, however, is not my fault. The grown-ups discouraged me in my painter's career when I was six years old, and I never learned to draw anything, except boas from the outside and boas from the inside.

Now I stared at this sudden apparition with my eyes fairly starting out of my head in astonishment. Remember, I had crashed in the desert a thousand miles from any inhabited region. And yet my little man seemed neither to be straying uncertainly among the sands, nor to be fainting from fatigue or hunger or thirst or fear. Nothing about him gave any suggestion of a child lost in the middle of the desert, a thousand miles from any human habitation. When at last I was able to speak, I said to

him: "But — what are you doing here?"

And in answer he repeated, very slowly, as if he were speaking of a matter of great consequence: "If you please — draw me a sheep..."

When a mystery is too overpowering, one dare not disobey. Absurd as it might seem to me, a thousand miles from any human habitation and in danger of death, I took out of my pocket a sheet of paper and my fountain-pen. But then I remembered how my studies had been concentrated on geography, history, arithmetic, and grammar, and I told the little chap (a little crossly, too) that I did not know how to draw. He answered me: "That doesn't matter. Draw me a sheep..."

But I had never drawn a sheep. So I drew for him one of the two pictures I had drawn so often. It was that of the boa constrictor from the outside. And I was astounded to hear the little fellow greet it with, "No, no, no! I do not want an elephant inside a boa constrictor. A boa constrictor is a very dangerous creature, and an elephant is very cumbersome.

Where I live, everything is very small. What I need is a sheep. Draw me a sheep."

So then I made a drawing.

He looked at it carefully, then he said: "No. This sheep is already very sickly. Make me another."

So I made another drawing.

My friend smiled gently and indulgently.

"You see yourself," he said, "that this is not a sheep. This is a ram. It has horns."

So then I did my drawing over once more.

But it was rejected too, just like the others.

"This one is too old. I want a sheep that will live a long time."

By this time my patience was exhausted, because I was in a hurry to start taking my engine apart. So I tossed off this drawing.

And I threw out an explanation with it.

"This is only his box. The sheep you asked for is inside."

I was very surprised to see a light break over the face of my young judge: "That is exactly the way I wanted it! Do you think that this sheep will have to have a great deal of grass?"

"Why?"

"Because where I live everything is very small..."

"There will surely be enough grass for him," I said. "It is a very small sheep that I have given you."

He bent his head over the drawing: "Not so small that — Look! He has gone to sleep..."

And that is how I made the acquaintance of the little prince.

Chapter 3

It took me a long time to learn where he came from. The little prince, who asked me so many questions, never seemed to hear the ones I asked him. It was from words dropped by chance that, little by little, everything was revealed to me.

The first time he saw my airplane, for instance (I shall not draw my airplane; that would be much too complicated for me), he asked me:

"What is that object?"

"That is not an object. It flies. It is an airplane. It is my airplane."

And I was proud to have him learn that I could fly.

He cried out, then:

"What! You dropped down from the sky?"

"Yes," I answered, modestly.

"Oh! That is funny!"

And the little prince broke into a lovely peal of laughter, which irritated me very much. I like my misfortunes to be taken seriously.

Then he added:

"So you, too, come from the sky! Which is your planet?"

At that moment I caught a gleam of light in the impenetrable mystery of his presence; and I demanded, abruptly: "Do you

come from another planet?"

But he did not reply. He tossed his head gently, without taking his eyes from my plane:

"It is true that on that you can't have come from very far away..."

And he sank into a reverie, which lasted a long time. Then, taking my sheep out of his pocket, he buried himself in the contemplation of his treasure.

You can imagine how my curiosity was aroused by this half-confidence about the "other planets." I made a great effort, therefore, to find out more on this subject.

"My little man, where do you come from? What is this 'where I live,' of which you speak? Where do you want to take your sheep?"

After a reflective silence he answered: "The thing that is so good about the box you have given me is that at night he can use it as his house."

"That is so. And if you are good I will give you a string, too, so that you can tie him during the day, and a post to tie him to."

But the little prince seemed shocked by this offer: "Tie him! What a queer idea!"

"But if you don't tie him," I said, "he will wander off somewhere, and get lost."

My friend broke into another peal of laughter: "But where do you think he would go?"

"Anywhere. Straight ahead of him."

Then the little prince said, earnestly: "That doesn't matter. Where I live, everything is so small!"

And, with perhaps a hint of sadness, he added: "Straight ahead of him, nobody can go very far..."

Chapter 4

I had thus learned a second fact of great importance: this was that the planet the little prince came from was scarcely any larger than a house!

But that did not really surprise me much. I knew very well that in addition to the great planets — such as the Earth, Jupiter, Mars, Venus — to which we have given names, there are also hundreds of others, some of which are so small that one has a hard time seeing them through the telescope. When an astronomer discovers one of these he does not give it a name, but only a number. He might call it, for example, "Asteroid 325."

I have serious reason to believe that the planet from which the little prince came is the asteroid known as B-612.

This asteroid has only once been seen through the telescope. That was by a Turkish astronomer, in 1909.

On making his discovery, the astronomer had presented it to the International Astronomical Congress, in a great demonstration. But he was in Turkish costume, and so nobody would believe what he said.

Grown-ups are like that...

Fortunately, however, for the reputation of Asteroid B-612, a Turkish dictator made a law that his subjects, under pain of death, should change to European costume. So in 1920 the astronomer gave his demonstration all over again, dressed with impressive style and elegance. And this time everybody accepted his report.

If I have told you these details about the asteroid, and made a note of its number for you, it is on account of the grown-ups and their ways. When you tell them that you have made a new friend, they never ask you any questions about essential matters. They never say to you, "What does his voice sound like? What games does he love best? Does he collect butterflies?" Instead, they demand: "How old is he? How many brothers has he? How much does he weigh? How much money does his father make?" Only from these figures do they think they have learned anything about him.

If you were to say to the grown-ups: "I saw a beautiful house made of rosy brick, with geraniums in the windows and doves on the roof," they would not be able to get any idea of that house at all. You would have to say to them: "I saw a house that cost $20,000." Then they would exclaim: "Oh, what a pretty house that is!"

Just so, you might say to them: "The proof that the little prince existed is that he was charming, that he laughed, and that he was looking for a sheep. If anybody wants a sheep, that is a proof that he exists." And what good would it do to tell them that? They would shrug their shoulders, and treat you like a child. But if you said to them: "The planet he came from is Asteroid B-612," then they would be convinced, and leave you in peace from their questions.

They are like that. One must not hold it against them. Children should always show great forbearance toward grown-up people.

But certainly, for us who understand life, figures are a matter of indifference.

I should have liked to begin this story in the fashion of the fairy-tales. I should have like to say: "Once upon a time there was a little prince who lived on a planet that was scarcely any bigger than himself, and who had need of a sheep..."

To those who understand life, that would have given a much greater air of truth to my story.

For I do not want any one to read my book carelessly. I have suffered too much grief in setting down these memories. Six years have already passed since my friend went away from me, with his sheep. If I try to describe him here, it is to make sure that I shall not forget him. To forget a friend is sad. Not every one has had a friend. And if I forget him, I may become like the grown-ups who are no longer interested in anything but figures...

It is for that purpose, again, that I have bought a box of paints and some pencils. It is hard to take up drawing again at my age, when I have never made any pictures except those of the boa constrictor from the outside and the boa constrictor from the inside, since I was six. I shall certainly try to make my portraits as true to life as possible. But I am not at all sure of success. One drawing goes along all right, and another has no resemblance to its subject.

I make some errors, too, in the little prince's height: in one place he is too tall and in another too short. And I feel some doubts about the color of his costume. So I fumble along as best I can, now good, now bad, and I hope generally fair-to-middling.

In certain more important details I shall make mistakes, also. But that is something that will not be my fault. My friend never explained anything to me.

He thought, perhaps, that I was like himself. But I, alas, do not know how to see sheep through the walls of boxes. Perhaps I am a little like the grown-ups.

I have had to grow old.

Chapter 5

As each day passed I would learn, in our talk, something about the little prince's planet, his departure from it, his journey. The information would come very slowly, as it might chance to fall from his thoughts. It was in this way that I heard, on the third day, about the catastrophe of the baobabs. This time, once more, I had the sheep to thank for it. For the little prince asked me abruptly — as if seized by a grave doubt — "It is true, isn't it, that sheep eat little bushes?"

"Yes, that is true."

"Ah! I am glad!"

I did not understand why it was so important that sheep should eat little bushes. But the little prince added: "Then it follows that they also eat baobabs?"

I pointed out to the little prince that baobabs were not little bushes, but, on the contrary, trees as big as castles; and that even if he took a whole herd of elephants away with him, the herd would not eat up one single baobab.

The idea of the herd of elephants made the little prince laugh.

"We would have to put them one on top of the other," he said.

But he made a wise comment: "Before they grow so big, the baobabs start out by being little."

"That is strictly correct," I said. "But why do you want the sheep to eat the little baobabs?"

He answered me at once, "Oh, come, come!", as if he were speaking of something that was self-evident. And I was obliged to make a great mental effort to solve this problem, without any assistance.

Indeed, as I learned, there were on the planet where the little prince lived — as on all planets — good plants and bad plants. In consequence, there were good seeds from good plants, and bad seeds from bad plants. But seeds are invisible.

They sleep deep in the heart of the earth's darkness, until some one among them is seized with the desire to awaken. Then this little seed will stretch itself and begin — timidly at first — to push a charming little sprig inoffensively upward toward the sun. If it is only a sprout of radish or the sprig of a rose-bush, one would let it grow wherever it might wish. But when it is a bad plant, one must destroy it as soon as possible, the very first instant that one recognizes it.

Now there were some terrible seeds on the planet that was the home of the little prince; and these were the seeds of the baobab. The soil of that planet was infested with them. A baobab is something you will never, never be able to get rid of if you attend to it too late. It spreads over the entire planet. It bores clear through it with its roots. And if the planet is too small, and the baobabs are too many, they split it in pieces...

"It is a question of discipline," the little prince said to me later on. "When you've finished your own toilet in the morning, then it is time to attend to the toilet of your planet, just so, with the greatest care. You must see to it that you pull up regularly all the baobabs, at the very first moment when they can be distinguished from the rosebushes which they resemble so closely in their earliest youth. It is very tedious work," the little prince added, "but very easy."

And one day he said to me: "You ought to make a beautiful drawing, so that the children where you live can see exactly how all this is. That would be very useful to them if they were to travel some day. Sometimes," he added, "there is no harm in putting off a piece of work until another day. But when it is a matter of baobabs, that always means a catastrophe. I knew a planet that was inhabited by a lazy man. He neglected three little bushes..."

So, as the little prince described it to me, I have made a

drawing of that planet. I do not much like to take the tone of a moralist. But the danger of the baobabs is so little understood, and such considerable risks would be run by anyone who might get lost on an asteroid, that for once I am breaking through my reserve. "Children," I say plainly, "watch out for the baobabs!"

My friends, like myself, have been skirting this danger for a long time, without ever knowing it; and so it is for them that I have worked so hard over this drawing. The lesson which I pass on by this means is worth all the trouble it has cost me.

Perhaps you will ask me, "Why is there no other drawing in this book as magnificent and impressive as this drawing of the baobabs?"

The reply is simple. I have tried. But with the others I have not been successful. When I made the drawing of the baobabs I was carried beyond myself by the inspiring force of urgent necessity.

Chapter 6

Oh, little prince! Bit by bit I came to understand the secrets of your sad little life... For a long time you had found your only entertainment in the quiet pleasure of looking at the sunset. I learned that new detail on the morning of the fourth day, when you said to me: "I am very fond of sunsets. Come, let us go look at a sunset now."

"But we must wait," I said.

"Wait? For what?"

"For the sunset. We must wait until it is time."

At first you seemed to be very much surprised. And then you laughed to yourself. You said to me: "I am always thinking that I am at home!"

Just so. Everybody knows that when it is noon in the United States the sun is setting over France.

If you could fly to France in one minute, you could go straight into the sunset, right from noon. Unfortunately, France is too far away for that. But on your tiny planet, my little prince, all you need do is move your chair a few steps. You can see the day end and the twilight falling whenever you like...

"One day," you said to me, "I saw the sunset forty-four times!"

And a little later you added: "You know — one loves the sunset, when one is so sad..."

"Were you so sad, then?" I asked, "on the day of the forty-four sunsets?"

But the little prince made no reply.

Chapter 7

On the fifth day — again, as always, it was thanks to the sheep — the secret of the little prince's life was revealed to me. Abruptly, without anything to lead up to it, and as if the question had been born of long and silent meditation on his problem, he demanded: "A sheep — if it eats little bushes, does it eat flowers, too?"

"A sheep," I answered, "eats anything it finds in its reach."

"Even flowers that have thorns?"

"Yes, even flowers that have thorns."

"Then the thorns — what use are they?"

I did not know. At that moment I was very busy trying to unscrew a bolt that had got stuck in my engine. I was very much worried, for it was becoming clear to me that the breakdown of my plane was extremely serious. And I had so little drinking-water left that I had to fear for the worst.

"The thorns — what use are they?"

The little prince never let go of a question, once he had asked it. As for me, I was upset over that bolt. And I answered with the first thing that came into my head: "The thorns are of no use at all. Flowers have thorns just for spite!"

"Oh!"

There was a moment of complete silence. Then the little

prince flashed back at me, with a kind of resentfulness: "I don't believe you! Flowers are weak creatures. They are naive. They reassure themselves as best they can. They believe that their thorns are terrible weapons..."

I did not answer. At that instant I was saying to myself: "If this bolt still won't turn, I am going to knock it out with the hammer." Again the little prince disturbed my thoughts.

"And you actually believe that the flowers —"

"Oh, no!" I cried. "No, no no! I don't believe anything. I answered you with the first thing that came into my head. Don't you see — I am very busy with matters of consequence!"

He stared at me, thunderstruck.

"Matters of consequence!"

He looked at me there, with my hammer in my hand, my fingers black with engine-grease, bending down over an object which seemed to him extremely ugly...

"You talk just like the grown-ups!"

That made me a little ashamed. But he went on, relentlessly: "You mix everything up together... You confuse everything..."

He was really very angry. He tossed his golden curls in the breeze.

"I know a planet where there is a certain red-faced gentleman. He has never smelled a flower. He has never looked at a star. He has never loved any one.

He has never done anything in his life but add up figures. And

all day he says over and over, just like you: 'I am busy with matters of consequence!' And that makes him swell up with pride. But he is not a man — he is a mushroom!"

"A what?"

"A mushroom!"

The little prince was now white with rage.

"The flowers have been growing thorns for millions of years. For millions of years the sheep have been eating them just the same. And is it not a matter of consequence to try to understand why the flowers go to so much trouble to grow thorns which are never of any use to them? Is the warfare between the sheep and the flowers not important? Is this not of more consequence than a fat red-faced gentleman's sums? And if I know — I, myself — one flower which is unique in the world, which grows nowhere but on my planet, but which one little sheep can destroy in a single bite some morning, without even noticing what he is doing — Oh! You think that is not important!"

His face turned from white to red as he continued: "If some one loves a flower, of which just one single blossom grows in all the millions and millions of stars, it is enough to make him happy just to look at the stars. He can say to himself, 'Somewhere, my flower is there...' But if the sheep eats the flower, in one moment all his stars will be darkened... And you think that is not important!" He could not say anything more.

His words were choked by sobbing.

The night had fallen. I had let my tools drop from my hands. Of what moment now was my hammer, my bolt, or thirst, or death? On one star, one planet, my planet, the Earth, there was a little prince to be comforted. I took him in my arms, and rocked him. I said to him: "The flower that you love is not in danger. I will draw you a muzzle for your sheep. I will draw you a railing to put around your flower. I will —"

I did not know what to say to him. I felt awkward and blundering. I did not know how I could reach him, where I could overtake him and go on hand in hand with him once more.

It is such a secret place, the land of tears.

Chapter 8

I soon learned to know this flower better. On the little prince's planet the flowers had always been very simple. They had only one ring of petals; they took up no room at all; they were a trouble to nobody. One morning they would appear in the grass, and by night they would have faded peacefully away. But one day, from a seed blown from no one knew where, a new flower had come up; and the little prince had watched very closely over

this small sprout which was not like any other small sprouts on his planet. It might, you see, have been a new kind of baobab.

The shrub soon stopped growing, and began to get ready to produce a flower.

The little prince, who was present at the first appearance of a huge bud, felt at once that some sort of miraculous apparition must emerge from it. But the flower was not satisfied to complete the preparations for her beauty in the shelter of her green chamber. She chose her colours with the greatest care. She adjusted her petals one by one. She did not wish to go out into the world all rumpled, like the field poppies. It was only in the full radiance of her beauty that she wished to appear. Oh, yes! She was a coquettish creature! And her mysterious adornment lasted for days and days.

Then one morning, exactly at sunrise, she suddenly showed herself.

And, after working with all this painstaking precision, she yawned and said: "Ah! I am scarcely awake. I beg that you will excuse me. My petals are still all disarranged..."

But the little prince could not restrain his admiration: "Oh! How beautiful you are!"

"Am I not?" the flower responded, sweetly. "And I was born at the same moment as the sun..."

The little prince could guess easily enough that she was not

any too modest — but how moving — and exciting — she was!

"I think it is time for breakfast," she added an instant later. "If you would have the kindness to think of my needs —"

And the little prince, completely abashed, went to look for a sprinkling-can of fresh water. So, he tended the flower.

So, too, she began very quickly to torment him with her vanity — which was, if the truth be known, a little difficult to deal with. One day, for instance, when she was speaking of her four thorns, she said to the little prince: "Let the tigers come with their claws!"

"There are no tigers on my planet," the little prince objected. "And, anyway, tigers do not eat weeds."

"I am not a weed," the flower replied, sweetly.

"Please excuse me..."

"I am not at all afraid of tigers," she went on, "but I have a horror of drafts.

I suppose you wouldn't have a screen for me?"

"A horror of drafts — that is bad luck, for a plant," remarked the little prince, and added to himself, "This flower is a very complex creature..."

"At night I want you to put me under a glass globe. It is very cold where you live. In the place I came from —"

But she interrupted herself at that point. She had come in the form of a seed. She could not have known anything of any other

worlds. Embarassed over having let herself be caught on the verge of such a naive untruth, she coughed two or three times, in order to put the little prince in the wrong.

"The screen?"

"I was just going to look for it when you spoke to me..."

Then she forced her cough a little more so that he should suffer from remorse just the same.

So the little prince, in spite of all the good will that was inseparable from his love, had soon come to doubt her. He had taken seriously words which were without importance, and it made him very unhappy.

"I ought not to have listened to her," he confided to me one day. "One never ought to listen to the flowers. One should simply look at them and breathe their fragrance. Mine perfumed all my planet. But I did not know how to take pleasure in all her grace. This tale of claws, which disturbed me so much, should only have filled my heart with tenderness and pity."

And he continued his confidences: "The fact is that I did not know how to understand anything! I ought to have judged by deeds and not by words. She cast her fragrance and her radiance over me. I ought never to have run away from her... I ought to have guessed all the affection that lay behind her poor little strategems. Flowers are so inconsistent!

But I was too young to know how to love her..."

Chapter 9

I believe that for his escape he took advantage of the migration of a flock of wild birds. On the morning of his departure he put his planet in perfect order. He carefully cleaned out his active volcanoes. He possessed two active volcanoes; and they were very convenient for heating his breakfast in the morning. He also had one volcano that was extinct. But, as he said, "One never knows!" So he cleaned out the extinct volcano, too. If they are well cleaned out, volcanoes burn slowly and steadily, without any eruptions. Volcanic eruptions are like fires in a chimney.

On our earth we are obviously much too small to clean out our volcanoes.

That is why they bring no end of trouble upon us.

The little prince also pulled up, with a certain sense of dejection, the last little shoots of the baobabs. He believed that he would never want to return.

But on this last morning all these familiar tasks seemed very precious to him.

And when he watered the flower for the last time, and prepared to place her under the shelter of her glass globe, he realised that he was very close to tears.

"Goodbye," he said to the flower.

But she made no answer.

"Goodbye," he said again.

The flower coughed. But it was not because she had a cold.

"I have been silly," she said to him, at last. "I ask your forgiveness. Try to be happy…"

He was surprised by this absence of reproaches. He stood there all bewildered, the glass globe held arrested in mid-air. He did not understand this quiet sweetness.

"Of course I love you," the flower said to him. "It is my fault that you have not known it all the while. That is of no importance. But you — you have been just as foolish as I. Try to be happy… let the glass globe be. I don't want it any more."

"But the wind —"

"My cold is not so bad as all that… the cool night air will do me good. I am a flower."

"But the animals —"

"Well, I must endure the presence of two or three caterpillars if I wish to become acquainted with the butterflies. It seems that they are very beautiful.

And if not the butterflies — and the caterpillars — who will call upon me? You will be far away… as for the large animals — I am not at all afraid of any of them. I have my claws."

And, navely, she showed her four thorns. Then she added: "Don't linger like this. You have decided to go away. Now go!"

For she did not want him to see her crying. She was such a proud flower...

Chapter 10

He found himself in the neighborhood of the asteroids 325, 326, 327, 328, 329, and 330. He began, therefore, by visiting them, in order to add to his knowledge.

The first of them was inhabited by a king. Clad in royal purple and ermine, he was seated upon a throne which was at the same time both simple and majestic.

"Ah! Here is a subject," exclaimed the king, when he saw the little prince coming.

And the little prince asked himself: "How could he recognize me when he had never seen me before?"

He did not know how the world is simplified for kings. To them, all men are subjects.

"Approach, so that I may see you better," said the king, who felt consumingly proud of being at last a king over somebody.

The little prince looked everywhere to find a place to sit down; but the entire planet was crammed and obstructed by the king's magnificent ermine robe. So he remained standing upright, and, since he was tired, he yawned.

"It is contrary to etiquette to yawn in the presence of a king," the monarch said to him. "I forbid you to do so."

"I can't help it. I can't stop myself," replied the little prince, thoroughly embarrassed. "I have come on a long journey, and I have had no sleep..."

"Ah, then," the king said. "I order you to yawn. It is years since I have seen anyone yawning. Yawns, to me, are objects of curiosity. Come, now! Yawn again! It is an order."

"That frightens me... I cannot, any more..." murmured the little prince, now completely abashed.

"Hum! Hum!" replied the king. "Then I — I order you sometimes to yawn and sometimes to —" He sputtered a little, and seemed vexed.

For what the king fundamentally insisted upon was that his authority should be respected. He tolerated no disobedience. He was an absolute monarch. But, because he was a very good man, he made his orders reasonable.

"If I ordered a general," he would say, by way of example, "if I ordered a general to change himself into a sea bird, and if the general did not obey me, that would not be the fault of the general. It would be my fault."

"May I sit down?" came now a timid inquiry from the little prince.

"I order you to do so," the king answered him, and majestically gathered in a fold of his ermine mantle.

But the little prince was wondering... The planet was tiny. Over what could this king really rule?

"Sire," he said to him, "I beg that you will excuse my asking you a question —"

"I order you to ask me a question," the king hastened to assure him.

"Sire — over what do you rule?"

"Over everything," said the king, with magnificent simplicity.

"Over everything?"

The king made a gesture, which took in his planet, the other planets, and all the stars.

"Over all that?" asked the little prince.

"Over all that," the king answered.

For his rule was not only absolute: it was also universal.

"And the stars obey you?"

"Certainly they do," the king said. "They obey instantly. I do not permit insubordination."

Such power was a thing for the little prince to marvel at. If he had been master of such complete authority, he would have been able to watch the sunset, not forty-four times in one day, but seventy-two, or even a hundred, or even two hundred times, with out ever having to move his chair. And because he felt a bit

sad as he remembered his little planet which he had forsaken, he plucked up his courage to ask the king a favor: "I should like to see a sunset... do me that kindness... Order the sun to set..."

"If I ordered a general to fly from one flower to another like a butterfly, or to write a tragic drama, or to change himself into a sea bird, and if the general did not carry out the order that he had received, which one of us would be in the wrong?" the king demanded. "The general, or myself?"

"You," said the little prince firmly.

"Exactly. One much require from each one the duty which each one can perform," the king went on. "Accepted authority rests first of all on reason. If you ordered your people to go and throw themselves into the sea, they would rise up in revolution. I have the right to require obedience because my orders are reasonable."

"Then my sunset?" the little prince reminded him: for he never forgot a question once he had asked it.

"You shall have your sunset. I shall command it. But, according to my science of government, I shall wait until conditions are favorable."

"When will that be?" inquired the little prince.

"Hum! Hum!" replied the king; and before saying anything else he consulted a bulky almanac. "Hum! Hum! That will be about — about — that will be this evening about twenty

minutes to eight. And you will see how well I am obeyed."

The little prince yawned. He was regretting his lost sunset. And then, too, he was already beginning to be a little bored.

"I have nothing more to do here," he said to the king. "So I shall set out on my way again."

"Do not go," said the king, who was very proud of having a subject. "Do not go. I will make you a Minister!"

"Minister of what?"

"Minster of — of Justice!"

"But there is nobody here to judge!"

"We do not know that," the king said to him. "I have not yet made a complete tour of my kingdom. I am very old. There is no room here for a carriage. And it tires me to walk."

"Oh, but I have looked already!" said the little prince, turning around to give one more glance to the other side of the planet. On that side, as on this, there was nobody at all...

"Then you shall judge yourself," the king answered. "that is the most difficult thing of all. It is much more difficult to judge oneself than to judge others.

If you succeed in judging yourself rightly, then you are indeed a man of true wisdom."

"Yes," said the little prince, "but I can judge myself anywhere. I do not need to live on this planet.

"Hum! Hum!" said the king. "I have good reason to believe

that somewhere on my planet there is an old rat. I hear him at night. You can judge this old rat.

From time to time you will condemn him to death. Thus his life will depend on your justice. But you will pardon him on each occasion; for he must be treated thriftily. He is the only one we have."

"I," replied the little prince, "do not like to condemn anyone to death. And now I think I will go on my way."

"No," said the king.

But the little prince, having now completed his preparations for departure, had no wish to grieve the old monarch.

"If Your Majesty wishes to be promptly obeyed," he said, "he should be able to give me a reasonable order. He should be able, for example, to order me to be gone by the end of one minute. It seems to me that conditions are favorable..."

As the king made no answer, the little prince hesitated a moment. Then, with a sigh, he took his leave.

"I made you my Ambassador," the king called out, hastily.

He had a magnificent air of authority.

"The grown-ups are very strange," the little prince said to himself, as he continued on his journey.

Chapter 11

The second planet was inhabited by a conceited man.

"Ah! Ah! I am about to receive a visit from an admirer!" he exclaimed from afar, when he first saw the little prince coming.

For, to conceited men, all other men are admirers.

"Good morning," said the little prince. "That is a queer hat you are wearing."

"It is a hat for salutes," the conceited man replied. "It is to raise in salute when people acclaim me. Unfortunately, nobody at all ever passes this way."

"Yes?" said the little prince, who did not understand what the conceited man was talking about.

"Clap your hands, one against the other," the conceited man now directed him.

The little prince clapped his hands. The conceited man raised his hat in a modest salute.

"This is more entertaining than the visit to the king," the little prince said to himself. And he began again to clap his hands, one against the other. The conceited man against raised his hat in salute.

After five minutes of this exercise the little prince grew tired of the game's monotony.

"And what should one do to make the hat come down?" he

asked.

But the conceited man did not hear him. Conceited people never hear anything but praise.

"Do you really admire me very much?" he demanded of the little prince.

"What does that mean — 'admire'?"

"To admire mean that you regard me as the handsomest, the best-dressed, the richest, and the most intelligent man on this planet."

"But you are the only man on your planet!"

"Do me this kindness. Admire me just the same."

"I admire you," said the little prince, shrugging his shoulders slightly, "but what is there in that to interest you so much?"

And the little prince went away.

"The grown-ups are certainly very odd," he said to himself, as he continued on his journey.

Chapter 12

The next planet was inhabited by a tippler. This was a very short visit, but it plunged the little prince into deep dejection.

"What are you doing there?" he said to the tippler, whom

he found settled down in silence before a collection of empty bottles and also a collection of full bottles.

"I am drinking," replied the tippler, with a lugubrious air.

"Why are you drinking?" demanded the little prince.

"So that I may forget," replied the tippler.

"Forget what?" inquired the little prince, who already was sorry for him.

"Forget that I am ashamed," the tippler confessed, hanging his head.

"Ashamed of what?" insisted the little prince, who wanted to help him.

"Ashamed of drinking!" The tippler brought his speech to an end, and shut himself up in an impregnable silence.

And the little prince went away, puzzled.

"The grown-ups are certainly very, very odd," he said to himself, as he continued on his journey.

Chapter 13

The fourth planet belonged to a businessman. This man was so much occupied that he did not even raise his head at the little prince's arrival.

"Good morning," the little prince said to him. "Your cigarette has gone out."

"Three and two make five. Five and seven make twelve. Twelve and three make fifteen. Good morning. Fifteen and seven make twenty-two. Twenty-two and six make twenty-eight. I haven't time to light it again. Twenty-six and five make thirty-one. Phew! Then that makes five-hundred-and-one-million, six-hundred-twenty-two-thousand, seven-hundred-thirty-one."

"Five hundred million what?" asked the little prince.

"Eh? Are you still there? Five-hundred-and-one million — I can't stop... I have so much to do! I am concerned with matters of consequence. I don't amuse myself with balderdash. Two and five make seven..."

"Five-hundred-and-one million what?" repeated the little prince, who never in his life had let go of a question once he had asked it.

The businessman raised his head.

"During the fifty-four years that I have inhabited this planet, I have been disturbed only three times. The first time was twenty-two years ago, when some giddy goose fell from goodness knows where. He made the most frightful noise that resounded all over the place, and I made four mistakes in my addition. The second time, eleven years ago, I was disturbed by an attack

of rheumatism. I don't get enough exercise. I have no time for loafing. The third time — well, this is it! I was saying, then, five-hundred-and-one millions —"

"Millions of what?"

The businessman suddenly realized that there was no hope of being left in peace until he answered this question.

"Millions of those little objects," he said, "which one sometimes sees in the sky."

"Flies?"

"Oh, no. Little glittering objects."

"Bees?"

"Oh, no. Little golden objects that set lazy men to idle dreaming. As for me, I am concerned with matters of consequence. There is no time for idle dreaming in my life."

"Ah! You mean the stars?"

"Yes, that's it. The stars."

"And what do you do with five-hundred millions of stars?"

"Five-hundred-and-one million, six-hundred-twenty-two thousand, seven-hundred thirty-one. I am concerned with matters of consequence: I am accurate."

"And what do you do with these stars?"

"What do I do with them?"

"Yes."

"Nothing. I own them."

"You own the stars?"

"Yes."

"But I have already seen a king who —"

"Kings do not own, they reign over. It is a very different matter."

"And what good does it do you to own the stars?"

"It does me the good of making me rich."

"And what good does it do you to be rich?"

"It makes it possible for me to buy more stars, if any are ever discovered."

"This man," the little prince said to himself, "reasons a little like my poor tippler..."

Nevertheless, he still had some more questions.

"How is it possible for one to own the stars?"

"To whom do they belong?" the businessman retorted, peevishly.

"I don't know. To nobody."

"Then they belong to me, because I was the first person to think of it."

"Is that all that is necessary?"

"Certainly. When you find a diamond that belongs to nobody, it is yours.

When you discover an island that belongs to nobody, it is yours. When you get an idea before any one else, you take out a patent on it: it is yours. So with me: I own the stars, because nobody else before me ever thought of owning them."

"Yes, that is true," said the little prince. "And what do you do with them?"

"I administer them," replied the businessman. "I count them and recount them. It is difficult. But I am a man who is naturally interested in matters of consequence."

The little prince was still not satisfied.

"If I owned a silk scarf," he said, "I could put it around my neck and take it away with me. If I owned a flower, I could pluck that flower and take it away with me. But you cannot pluck the stars from heaven..."

"No. But I can put them in the bank."

"Whatever does that mean?"

"That means that I write the number of my stars on a little paper. And then I put this paper in a drawer and lock it with a key."

"And that is all?"

"That is enough," said the businessman.

"It is entertaining," thought the little prince. "It is rather poetic. But it is of no great consequence."

On matters of consequence, the little prince had ideas which were very different from those of the grown-ups.

"I myself own a flower," he continued his conversation

with the businessman, "which I water every day. I own three volcanoes, which I clean out every week (for I also clean out the one that is extinct; one never knows). It is of some use to my volcanoes, and it is of some use to my flower, that I own them. But you are of no use to the stars..."

The businessman opened his mouth, but he found nothing to say in answer.

And the little prince went away.

"The grown-ups are certainly altogether extraordinary," he said simply, talking to himself as he continued on his journey.

Chapter 14

The fifth planet was very strange. It was the smallest of all. There was just enough room on it for a street lamp and a lamplighter. The little prince was not able to reach any explanation of the use of a street lamp and a lamplighter, somewhere in the heavens, on a planet which had no people, and not one house.

But he said to himself, nevertheless: "It may well be that this man is absurd. But he is not so absurd as the king, the conceited man, the businessman, and the tippler. For at least his work has some meaning. When he lights his street lamp, it is as if he brought one more star to life, or one flower. When he puts out his lamp, he sends the flower, or the star, to sleep. That is a beautiful occupation. And since it is beautiful, it is truly useful."

When he arrived on the planet he respectfully saluted the lamplighter.

"Good morning. Why have you just put out your lamp?"

"Those are the orders," replied the lamplighter. "Good morning."

"What are the orders?"

"The orders are that I put out my lamp. Good evening."

And he lighted his lamp again.

"But why have you just lighted it again?"

"Those are the orders," replied the lamplighter.

"I do not understand," said the little prince.

"There is nothing to understand," said the lamplighter. "Orders are orders.

Good morning." And he put out his lamp. Then he mopped his forehead with a handkerchief decorated with red squares.

"I follow a terrible profession. In the old days it was reasonable. I put the lamp out in the morning, and in the evening I lighted it again. I had the rest of the day for relaxation and the rest of the night for sleep."

"And the orders have been changed since that time?"

"The orders have not been changed," said the lamplighter. "That is the tragedy! From year to year the planet has turned more rapidly and the orders have not been changed!"

"Then what?" asked the little prince.

"Then — the planet now makes a complete turn every minute, and I no longer have a single second for repose. Once every minute I have to light my lamp and put it out!"

"That is very funny! A day lasts only one minute, here where you live!"

"It is not funny at all!" said the lamplighter. "While we have been talking together a month has gone by."

"A month?"

"Yes, a month. Thirty minutes. Thirty days. Good evening." And he lighted his lamp again.

As the little prince watched him, he felt that he loved this lamplighter who was so faithful to his orders. He remembered the sunsets which he himself had gone to seek, in other days, merely by pulling up his chair; and he wanted to help his friend. "You know," he said, "I can tell you a way you can rest whenever you want to..."

"I always want to rest," said the lamplighter.

For it is possible for a man to be faithful and lazy at the same time. The little prince went on with his explanation: "Your planet is so small that three strides will take you all the way

around it. To be always in the sunshine, you need only walk along rather slowly. When you want to rest, you will walk — and the day will last as long as you like."

"That doesn't do me much good," said the lamplighter. "The one thing I love in life is to sleep."

"Then you're unlucky," said the little prince.

"I am unlucky," said the lamplighter. "Good morning." And he put out his lamp.

"That man," said the little prince to himself, as he continued farther on his journey, "that man would be scorned by all the others: by the king, by the conceited man, by the tippler, by the businessman. Nevertheless he is the only one of them all who does not seem to me ridiculous. Perhaps that is because he is thinking of something else besides himself." He breathed a sigh of regret, and said to himself, again: "That man is the only one of them all whom I could have made my friend. But his planet is indeed too small. There is no room on it for two people..." What the little prince did not dare confess was that he was sorry most of all to leave this planet, because it was blest every day with 1440 sunsets!

Chapter 15

The sixth planet was ten times larger than the last one. It was inhabited by an old gentleman who wrote voluminous books.

"Oh, look! Here is an explorer!" he exclaimed to himself when he saw the little prince coming.

The little prince sat down on the table and panted a little. He had already traveled so much and so far!

"Where do you come from?" the old gentleman said to him.

"What is that big book?" said the little prince. "What are you doing?"

"I am a geographer," the old gentleman said to him.

"What is a geographer?" asked the little prince.

"A geographer is a scholar who knows the location of all the seas, rivers, towns, mountains, and deserts."

"That is very interesting," said the little prince. "Here at last is a man who has a real profession!" And he cast a look around him at the planet of the geographer. It was the most magnificent and stately planet that he had ever seen.

"Your planet is very beautiful," he said. "Has it any oceans?"

"I couldn't tell you," said the geographer.

"Ah!" The little prince was disappointed. "Has it any mountains?"

"I couldn't tell you," said the geographer.

"And towns, and rivers, and deserts?"

"I couldn't tell you that, either."

"But you are a geographer!"

"Exactly," the geographer said. "But I am not an explorer. I haven't a single explorer on my planet. It is not the geographer who goes out to count the towns, the rivers, the mountains, the seas, the oceans, and the deserts. The geographer is much too important to go loafing about. He does not leave his desk. But he receives the explorers in his study. He asks them questions, and he notes down what they recall of their travels. And if the recollections of any one among them seem interesting to him, the geographer orders an inquiry into that explorer's moral character."

"Why is that?"

"Because an explorer who told lies would bring disaster on the books of the geographer. So would an explorer who drank too much."

"Why is that?" asked the little prince.

"Because intoxicated men see double. Then the geographer would note down two mountains in a place where there was only one."

"I know some one," said the little prince, "who would make a bad explorer."

"That is possible. Then, when the moral character of the

explorer is shown to be good, an inquiry is ordered into his discovery."

"One goes to see it?"

"No. That would be too complicated. But one requires the explorer to furnish proofs. For example, if the discovery in question is that of a large mountain, one requires that large stones be brought back from it."

The geographer was suddenly stirred to excitement.

"But you — you come from far away! You are an explorer! You shall describe your planet to me!"

And, having opened his big register, the geographer sharpened his pencil.

The recitals of explorers are put down first in pencil. One waits until the explorer has furnished proofs, before putting them down in ink.

"Well?" said the geographer expectantly.

"Oh, where I live," said the little prince, "it is not very interesting. It is all so small. I have three volcanoes. Two volcanoes are active and the other is extinct. But one never knows."

"One never knows," said the geographer.

"I have also a flower."

"We do not record flowers," said the geographer.

"Why is that? The flower is the most beautiful thing on my

planet!"

"We do not record them," said the geographer, "because they are ephemeral."

"What does that mean — 'ephemeral'?"

"Geographies," said the geographer, "are the books which, of all books, are most concerned with matters of consequence. They never become old-fashioned.

It is very rarely that a mountain changes its position. It is very rarely that an ocean empties itself of its waters. We write of eternal things."

"But extinct volcanoes may come to life again," the little prince interrupted.

"What does that mean — 'ephemeral'?"

"Whether volcanoes are extinct or alive, it comes to the same thing for us," said the geographer. "The thing that matters to us is the mountain. It does not change."

"But what does that mean — 'ephemeral'?" repeated the little prince, who never in his life had let go of a question, once he had asked it.

"It means, 'which is in danger of speedy disappearance.'"

"Is my flower in danger of speedy disappearance?"

"Certainly it is."

"My flower is ephemeral," the little prince said to himself, "and she has only four thorns to defend herself against the world. And I have left her on my planet, all alone!"

That was his first moment of regret. But he took courage once more.

"What place would you advise me to visit now?" he asked.

"The planet Earth," replied the geographer. "It has a good reputation."

And the little prince went away, thinking of his flower.

Chapter 16

So then the seventh planet was the Earth.

The Earth is not just an ordinary planet! One can count, there 111 kings (not forgetting, to be sure, the Negro kings among them), 7000 geographers, 900,000 businessmen, 7,500,000 tipplers, 311,000,000 conceited men — that is to say, about 2,000,000,000 grown-ups.

To give you an idea of the size of the Earth, I will tell you that before the invention of electricity it was necessary to maintain, over the whole of the six continents, a veritable army of 462,511 lamplighters for the street lamps.

Seen from a slight distance, that would make a splendid spectacle. The movements of this army would be regulated like

those of the ballet in the opera.

First would come the turn of the lamplighters of New Zealand and Australia.

Having set their lamps alight, these would go off to sleep. Next, the lamplighters of China and Siberia would enter for their steps in the dance, and then they too would be waved back into the wings. After that would come the turn of the lamplighters of Russia and the Indies; then those of Africa and Europe, then those of South America; then those of South America; then those of North America. And never would they make a mistake in the order of their entry upon the stage. It would be magnificent.

Only the man who was in charge of the single lamp at the North Pole, and his colleague who was responsible for the single lamp at the South Pole — only these two would live free from toil and care: they would be busy twice a year.

Chapter 17

When one wishes to play the wit, he sometimes wanders a little from the truth. I have not been altogether honest in what I have told you about the lamplighters.

And I realize that I run the risk of giving a false idea of our planet to those who do not know it. Men occupy a very small place upon the Earth. If the two billion inhabitants who people its surface were all to stand upright and somewhat crowded together, as they do for some big public assembly, they could easily be put into one public square twenty miles long and twenty miles wide. All humanity could be piled up on a small Pacific islet.

The grown-ups, to be sure, will not believe you when you tell them that.

They imagine that they fill a great deal of space. They fancy themselves as important as the baobabs. You should advise them, then, to make their own calculations. They adore figures, and that will please them. But do not waste your time on this extra task. It is unnecessary. You have, I know, confidence in me.

When the little prince arrived on the Earth, he was very much surprised not to see any people. He was beginning to be afraid he had come to the wrong planet, when a coil of gold, the color of the moonlight, flashed across the sand.

"Good evening," said the little prince courteously.

"Good evening," said the snake.

"What planet is this on which I have come down?" asked the little prince.

"This is the Earth; this is Africa," the snake answered.

"Ah! Then there are no people on the Earth?"

"This is the desert. There are no people in the desert. The Earth is large," said the snake.

The little prince sat down on a stone, and raised his eyes toward the sky.

"I wonder," he said, "whether the stars are set alight in heaven so that one day each one of us may find his own again... Look at my planet. It is right there above us. But how far away it is!"

"It is beautiful," the snake said. "What has brought you here?"

"I have been having some trouble with a flower," said the little prince.

"Ah!" said the snake.

And they were both silent.

"Where are the men?" the little prince at last took up the conversation again. "It is a little lonely in the desert..."

"It is also lonely among men," the snake said.

The little prince gazed at him for a long time.

"You are a funny animal," he said at last. "You are no thicker than a finger..."

"But I am more powerful than the finger of a king," said the snake.

The little prince smiled.

"You are not very powerful. You haven't even any feet. You

cannot even travel..."

"I can carry you farther than any ship could take you," said the snake.

He twined himself around the little prince's ankle, like a golden bracelet.

"Whomever I touch, I send back to the earth from whence he came," the snake spoke again. "But you are innocent and true, and you come from a star..."

The little prince made no reply.

"You move me to pity — you are so weak on this Earth made of granite," the snake said. "I can help you, some day, if you grow too homesick for your own planet. I can —"

"Oh! I understand you very well," said the little prince. "But why do you always speak in riddles?"

"I solve them all," said the snake.

And they were both silent.

Chapter 18

The little prince crossed the desert and met with only one flower. It was a flower with three petals, a flower of no account at all.

"Good morning," said the little prince.

"Good morning," said the flower.

"Where are the men?" the little prince asked, politely.

The flower had once seen a caravan passing.

"Men?" she echoed. "I think there are six or seven of them in existence. I saw them, several years ago. But one never knows where to find them. The wind blows them away. They have no roots, and that makes their life very difficult."

"Goodbye," said the little prince.

"Goodbye," said the flower.

Chapter 19

After that, the little prince climbed a high mountain. The only mountains he had ever known were the three volcanoes, which came up to his knees. And he used the extinct volcano as a footstool. "From a mountain as high as this one," he said to himself, "I shall be able to see the whole planet at one glance, and all the people..."

But he saw nothing, save peaks of rock that were sharpened like needles.

"Good morning," he said courteously.

"Good morning — Good morning — Good morning," answered the echo.

"Who are you?" said the little prince.

"Who are you — Who are you — Who are you?" answered the echo.

"Be my friends. I am all alone," he said.

"I am all alone — all alone — all alone," answered the echo.

"What a queer planet!" he thought. "It is altogether dry, and altogether pointed, and altogether harsh and forbidding. And the people have no imagination. They repeat whatever one says to them... On my planet I had a flower; she always was the first to speak..."

Chapter 20

But it happened that after walking for a long time through sand, and rocks, and snow, the little prince at last came upon a road. And all roads lead to the abodes of men.

"Good morning," he said.

He was standing before a garden, all a-bloom with roses.

"Good morning," said the roses.

The little prince gazed at them. They all looked like his flower.

"Who are you?" he demanded, thunderstruck.

"We are roses," the roses said.

And he was overcome with sadness. His flower had told him that she was the only one of her kind in all the universe. And here were five thousand of them, all alike, in one single garden!

"She would be very much annoyed," he said to himself, "if she should see that... she would cough most dreadfully, and she would pretend that she was dying, to avoid being laughed at. And I should be obliged to pretend that I was nursing her back to life — for if I did not do that, to humble myself also, she would really allow herself to die..."

Then he went on with his reflections: "I thought that I was rich, with a flower that was unique in all the world; and all I had was a common rose. A common rose, and three volcanoes that come up to my knees — and one of them perhaps extinct forever... that doesn't make me a very great prince..."

And he lay down in the grass and cried.

Chapter 21

It was then that the fox appeared.

"Good morning," said the fox.

"Good morning," the little prince responded politely, although when he turned around he saw nothing.

"I am right here," the voice said, "under the apple tree."

"Who are you?" asked the little prince, and added, "You are very pretty to look at."

"I am a fox," said the fox.

"Come and play with me," proposed the little prince. "I am so unhappy."

"I cannot play with you," the fox said. "I am not tamed."

"Ah! Please excuse me," said the little prince.

But, after some thought, he added: "What does that mean — 'tame'?"

"You do not live here," said the fox. "What is it that you are looking for?"

"I am looking for men," said the little prince. "What does that mean — 'tame'?"

"Men," said the fox. "They have guns, and they hunt. It is very disturbing.

They also raise chickens. These are their only interests. Are you looking for chickens?"

"No," said the little prince. "I am looking for friends. What does that mean — 'tame'?"

"It is an act too often neglected," said the fox. It means to establish ties."

"'To establish ties'?"

"Just that," said the fox. "To me, you are still nothing more than a little boy who is just like a hundred thousand other little boys. And I have no need of you. And you, on your part, have no need of me. To you, I am nothing more than a fox like a hundred thousand other foxes. But if you tame me, then we shall need each other. To me, you will be unique in all the world. To you, I shall be unique in all the world..."

"I am beginning to understand," said the little prince. "There is a flower... I think that she has tamed me..."

"It is possible," said the fox. "On the Earth one sees all sorts of things."

"Oh, but this is not on the Earth!" said the little prince.

The fox seemed perplexed, and very curious.

"On another planet?"

"Yes."

"Are there hunters on this planet?"

"No."

"Ah, that is interesting! Are there chickens?"

"No."

"Nothing is perfect," sighed the fox.

But he came back to his idea.

"My life is very monotonous," the fox said. "I hunt chickens; men hunt me. All the chickens are just alike, and all the men are just alike. And, in consequence, I am a little bored. But if you tame me, it will be as if the sun came to shine on my life. I shall know the sound of a step that will be different from all the others. Other steps send me hurrying back underneath the ground. Yours will call me, like music, out of my burrow. And then look: you see the grain-fields down yonder? I do not eat bread. Wheat is of no use to me. The wheat fields have nothing to say to me. And that is sad. But you have hair that is the colour of gold. Think how wonderful that will be when you have tamed me! The grain, which is also golden, will bring me back the thought of you. And I shall love to listen to the wind in the wheat..."

The fox gazed at the little prince, for a long time.

"Please — tame me!" he said.

"I want to, very much," the little prince replied. "But I have not much time.

I have friends to discover, and a great many things to understand."

"One only understands the things that one tames," said the fox. "Men have no more time to understand anything. They buy things all ready made at the shops. But there is no shop anywhere where one can buy friendship, and so men have no friends any more. If you want a friend, tame me..."

"What must I do, to tame you?" asked the little prince.

"You must be very patient," replied the fox. "First you will sit down at a little distance from me — like that — in the grass. I shall look at you out of the corner of my eye, and you will say nothing. Words are the source of misunderstandings. But you will sit a little closer to me, every day..."

The next day the little prince came back.

"It would have been better to come back at the same hour," said the fox.

"If, for example, you come at four o'clock in the afternoon, then at three o'clock I shall begin to be happy. I shall feel happier and happier as the hour advances. At four o'clock, I shall already be worrying and jumping about. I shall show you how happy I am! But if you come at just any time, I shall never know at what hour my heart is to be ready to greet you... One must observe the proper rites..."

"What is a rite?" asked the little prince.

"Those also are actions too often neglected," said the fox. "They are what make one day different from other days, one hour from other hours. There is a rite, for example, among my hunters. Every Thursday they dance with the village girls. So Thursday is a wonderful day for me! I can take a walk as far as the vineyards. But if the hunters danced at just any time, every day would be like every other day, and I should never have any vacation at all."

So the little prince tamed the fox. And when the hour of his departure drew near —

"Ah," said the fox, "I shall cry."

"It is your own fault," said the little prince. "I never wished you any sort of harm; but you wanted me to tame you..."

"Yes, that is so," said the fox.

"But now you are going to cry!" said the little prince.

"Yes, that is so," said the fox.

"Then it has done you no good at all!"

"It has done me good," said the fox, "because of the color of the wheat fields." And then he added: "Go and look again at the roses. You will understand now that yours is unique in all the world. Then come back to say goodbye to me, and I will make you a present of a secret."

The little prince went away, to look again at the roses.

"You are not at all like my rose," he said. "As yet you are nothing. No one has tamed you, and you have tamed no one. You are like my fox when I first knew him. He was only a fox like a hundred thousand other foxes. But I have made him my friend, and now he is unique in all the world." And the roses were very much embarrassed.

"You are beautiful, but you are empty," he went on. "One could not die for you. To be sure, an ordinary passerby would think that my rose looked just like you — the rose that belongs to me. But in herself alone she is more important than all the hundreds of you other roses: because it is she that I have watered; because it is she that I have put under the glass globe; because it is she that I have sheltered behind the screen; because it is for her that I have killed the caterpillars (except the two or three that we saved to become butterflies); because it is she that I have listened to, when she grumbled, or boasted, or even sometimes when she said nothing. Because she is my rose."

And he went back to meet the fox.

"Goodbye," he said.

"Goodbye," said the fox. "And now here is my secret, a very simple secret: It is only with the heart that one can see rightly; what is essential is invisible to the eye."

"What is essential is invisible to the eye," the little prince repeated, so that he would be sure to remember.

"It is the time you have wasted for your rose that makes your rose so important."

"It is the time I have wasted for my rose —" said the little prince, so that he would be sure to remember.

"Men have forgotten this truth," said the fox. "But you must not forget it. You become responsible, forever, for what you have tamed. You are responsible for your rose..."

"I am responsible for my rose," the little prince repeated, so that he would be sure to remember.

Chapter 22

"Good morning," said the little prince.

"Good morning," said the railway switchman.

"What do you do here?" the little prince asked.

"I sort out travelers, in bundles of a thousand," said the switchman. "I send off the trains that carry them; now to the right, now to the left."

And a brilliantly lighted express train shook the switchman's cabin as it rushed by with a roar like thunder.

"They are in a great hurry," said the little prince. "What are they looking for?"

"Not even the locomotive engineer knows that," said the switchman.

And a second brilliantly lighted express thundered by, in the opposite direction.

"Are they coming back already?" demanded the little prince.

"These are not the same ones," said the switchman. "It is an exchange."

"Were they not satisfied where they were?" asked the little prince.

"No one is ever satisfied where he is," said the switchman.

And they heard the roaring thunder of a third brilliantly lighted express.

"Are they pursuing the first travelers?" demanded the little prince.

"They are pursuing nothing at all," said the switchman. "They are asleep in there, or if they are not asleep they are yawning. Only the children are flattening their noses against the windowpanes."

"Only the children know what they are looking for," said the little prince.

"They waste their time over a rag doll and it becomes very important to them; and if anybody takes it away from them, they cry..."

"They are lucky," the switchman said.

Chapter 23

"Good morning," said the little prince.

"Good morning," said the merchant. This was a merchant who sold pills that had been invented to quench thirst. You need only swallow one pill a week, and you would feel no need of anything to drink.

"Why are you selling those?" asked the little prince.

"Because they save a tremendous amount of time," said the

merchant.

"Computations have been made by experts. With these pills, you save fifty three minutes in every week."

"And what do I do with those fifty-three minutes?"

"Anything you like..."

"As for me," said the little prince to himself, "if I had fifty-three minutes to spend as I liked, I should walk at my leisure toward a spring of fresh water."

Chapter 24

It was now the eighth day since I had had my accident in the desert, and I had listened to the story of the merchant as I was drinking the last drop of my water supply.

"Ah," I said to the little prince, "these memories of yours are very charming; but I have not yet succeeded in repairing my plane; I have nothing more to drink; and I, too, should be very happy if I could walk at my leisure toward a spring of fresh water!"

"My friend the fox —" the little prince said to me.

"My dear little man, this is no longer a matter that has anything to do with the fox!"

"Why not?"

"Because I am about to die of thirst..."

He did not follow my reasoning, and he answered me: "It is a good thing to have had a friend, even if one is about to die. I, for instance, am very glad to have had a fox as a friend..."

"He has no way of guessing the danger," I said to myself. "He has never been either hungry or thirsty. A little sunshine is all he needs..."

But he looked at me steadily, and replied to my thought: "I am thirsty, too. Let us look for a well..."

I made a gesture of weariness. It is absurd to look for a well, at random, in the immensity of the desert. But nevertheless we started walking.

When we had trudged along for several hours, in silence, the darkness fell, and the stars began to come out. Thirst had made me a little feverish, and I looked at them as if I were in a dream. The little prince's last words came reeling back into my memory: "Then you are thirsty, too?" I demanded.

But he did not reply to my question. He merely said to me: "Water may also be good for the heart..."

I did not understand this answer, but I said nothing. I knew very well that it was impossible to cross-examine him.

He was tired. He sat down. I sat down beside him. And, after a little silence, he spoke again: "The stars are beautiful, because of a flower that cannot be seen."

I replied, "Yes, that is so." And, without saying anything more, I looked across the ridges of sand that were stretched out before us in the moonlight.

"The desert is beautiful," the little prince added.

And that was true. I have always loved the desert. One sits down on a desert sand dune, sees nothing, hears nothing. Yet through the silence something throbs, and gleams...

"What makes the desert beautiful," said the little prince, "is that somewhere it hides a well..."

I was astonished by a sudden understanding of that mysterious radiation of the sands. When I was a little boy I lived in an old house, and legend told us that a treasure was buried there. To be sure, no one had ever known how to find it; perhaps no one had ever even looked for it. But it cast an enchantment over that house. My home was hiding a secret in the depths of its heart...

"Yes," I said to the little prince. "The house, the stars, the desert — what gives them their beauty is something that is invisible!"

"I am glad," he said, "that you agree with my fox."

As the little prince dropped off to sleep, I took him in my arms and set out walking once more. I felt deeply moved, and stirred. It seemed to me that I was carrying a very fragile treasure. It seemed to me, even, that there was nothing more fragile on all Earth. In the moonlight I looked at his pale forehead, his closed eyes, his locks of hair that trembled in the wind, and I said to myself: "What I see here is nothing but a shell. What is most important is invisible..."

As his lips opened slightly with the suspicious of a half-smile, I said to myself, again: "What moves me so deeply, about this little prince who is sleeping here, is his loyalty to a flower — the image of a rose that shines through his whole being like the flame of a lamp, even when he is asleep..." And I felt him to be more fragile still. I felt the need of protecting him, as if he himself were a flame that might be extinguished by a little puff of wind...

And, as I walked on so, I found the well, at daybreak.

Chapter 25

"Men," said the little prince, "set out on their way in express trains, but they do not know what they are looking for. Then they rush about, and get excited, and turn round and round..."

And he added: "It is not worth the trouble..."

The well that we had come to was not like the wells of the

Sahara. The wells of the Sahara are mere holes dug in the sand. This one was like a well in a village. But there was no village here, and I thought I must be dreaming...

"It is strange," I said to the little prince. "Everything is ready for use: the pulley, the bucket, the rope..."

He laughed, touched the rope, and set the pulley to working. And the pulley moaned, like an old weathervane which the wind has long since forgotten.

"Do you hear?" said the little prince. "We have wakened the well, and it is singing..."

I did not want him to tire himself with the rope.

"Leave it to me," I said. "It is too heavy for you."

I hoisted the bucket slowly to the edge of the well and set it there — happy, tired as I was, over my achievement. The song of the pulley was still in my ears, and I could see the sunlight shimmer in the still trembling water.

"I am thirsty for this water," said the little prince. "Give me some of it to drink..."

And I understood what he had been looking for.

I raised the bucket to his lips. He drank, his eyes closed. It was as sweet as some special festival treat. This water was indeed a different thing from ordinary nourishment. Its sweetness was born of the walk under the stars, the song of the pulley, the effort of my arms. It was good for the heart, like

a present. When I was a little boy, the lights of the Christmas tree, the music of the Midnight Mass, the tenderness of smiling faces, used to make up, so, the radiance of the gifts I received.

"The men where you live," said the little prince, "raise five thousand roses in the same garden — and they do not find in it what they are looking for."

"They do not find it," I replied.

"And yet what they are looking for could be found in one single rose, or in a little water."

"Yes, that is true," I said.

And the little prince added: "But the eyes are blind. One must look with the heart..."

I had drunk the water. I breathed easily. At sunrise the sand is the color of honey. And that honey color was making me happy, too. What brought me, then, this sense of grief?

"You must keep your promise," said the little prince, softly, as he sat down beside me once more.

"What promise?"

"You know — a muzzle for my sheep... I am responsible for this flower..."

I took my rough drafts of drawings out of my pocket. The little prince looked them over, and laughed as he said: "Your baobabs — they look a little like cabbages."

"Oh!"

I had been so proud of my baobabs!

"Your fox — his ears look a little like horns; and they are too long."

And he laughed again.

"You are not fair, little prince," I said. "I don't know how to draw anything except boa constrictors from the outside and boa constrictors from the inside."

"Oh, that will be all right," he said, "children understand."

So then I made a pencil sketch of a muzzle. And as I gave it to him my heart was torn.

"You have plans that I do not know about," I said.

But he did not answer me. He said to me, instead: "You know — my descent to the earth... Tomorrow will be its anniversary."

Then, after a silence, he went on: "I came down very near here."

And he flushed.

And once again, without understanding why, I had a queer sense of sorrow.

One question, however, occurred to me: "Then it was not by chance that on the morning when I first met you — a week ago — you were strolling along like that, all alone, a thousand miles from any inhabited region? You were on the your back to the place where you landed?"

The little prince flushed again.

And I added, with some hesitancy: "Perhaps it was because of the anniversary?"

The little prince flushed once more. He never answered questions — but when one flushes does that not mean "Yes"?

"Ah," I said to him, "I am a little frightened —"

But he interrupted me.

"Now you must work. You must return to your engine. I will be waiting for you here. Come back tomorrow evening..."

But I was not reassured. I remembered the fox. One runs the risk of weeping a little, if one lets himself be tamed...

Chapter 26

Beside the well there was the ruin of an old stone wall. When I came back from my work, the next evening, I saw from some distance away my little price sitting on top of a wall, with his feet dangling. And I heard him say: "Then you don't remember. This is not the exact spot."

Another voice must have answered him, for he replied to it: "Yes, yes! It is the right day, but this is not the place."

I continued my walk toward the wall. At no time did I see or hear anyone.

The little prince, however, replied once again: "— Exactly. You will see where my track begins, in the sand. You have nothing to do but wait for me there. I shall be there tonight."

I was only twenty meters from the wall, and I still saw nothing.

After a silence the little prince spoke again: "You have good poison? You are sure that it will not make me suffer too long?"

I stopped in my tracks, my heart torn asunder; but still I did not understand.

"Now go away," said the little prince. "I want to get down from the wall."

I dropped my eyes, then, to the foot of the wall — and I leaped into the air.

There before me, facing the little prince, was one of those yellow snakes that take just thirty seconds to bring your life to an end. Even as I was digging into my pocked to get out my revolver I made a running step back. But, at the noise I made, the snake let himself flow easily across the sand like the dying spray of a fountain, and, in no apparent hurry, disappeared, with a light metallic sound, among the stones.

I reached the wall just in time to catch my little man in my arms; his face was white as snow.

"What does this mean?" I demanded. "Why are you talking with snakes?"

I had loosened the golden muffler that he always wore. I had moistened his temples, and had given him some water to drink. And now I did not dare ask him any more questions. He looked at me very gravely, and put his arms around my neck. I felt his heart beating like the heart of a dying bird, shot with someone's rifle...

"I am glad that you have found what was the matter with your engine," he said. "Now you can go back home —"

"How do you know about that?"

I was just coming to tell him that my work had been successful, beyond anything that I had dared to hope.

He made no answer to my question, but he added: "I, too, am going back home today..."

Then, sadly — "It is much farther... it is much more difficult..."

I realised clearly that something extraordinary was happening. I was holding him close in my arms as if he were a little child; and yet it seemed to me that he was rushing headlong toward an abyss from which I could do nothing to restrain him...

His look was very serious, like some one lost far away.

"I have your sheep. And I have the sheep's box. And I have the muzzle..."

And he gave me a sad smile.

I waited a long time. I could see that he was reviving little by little.

"Dear little man," I said to him, "you are afraid..."

He was afraid, there was no doubt about that. But he laughed lightly.

"I shall be much more afraid this evening..."

Once again I felt myself frozen by the sense of something irreparable. And I knew that I could not bear the thought of never hearing that laughter any more. For me, it was like a spring of fresh water in the desert.

"Little man," I said, "I want to hear you laugh again."

But he said to me: "Tonight, it will be a year... my star, then, can be found right above the place where I came to the Earth, a year ago..."

"Little man," I said, "tell me that it is only a bad dream — this affair of the snake, and the meeting-place, and the star..."

But he did not answer my plea. He said to me, instead: "The thing that is important is the thing that is not seen..."

"Yes, I know..."

"It is just as it is with the flower. If you love a flower that lives on a star, it is sweet to look at the sky at night. All the stars are a-bloom with flowers..."

"Yes, I know..."

"It is just as it is with the water. Because of the pulley, and the rope, what you gave me to drink was like music. You remember — how good it was."

"Yes, I know..."

"And at night you will look up at the stars. Where I live everything is so small that I cannot show you where my star is to be found. It is better, like that. My star will just be one of the stars, for you. And so you will love to watch all the stars in the heavens... they will all be your friends. And, besides, I am going to make you a present..."

He laughed again.

"Ah, little prince, dear little prince! I love to hear that laughter!"

"That is my present. Just that. It will be as it was when we drank the water..."

"What are you trying to say?"

"All men have the stars," he answered, "but they are not the same things for different people. For some, who are travelers, the stars are guides. For others they are no more than little lights in the sky. For others, who are scholars, they are problems. For my businessman they were wealth. But all these stars are silent. You — you alone — will have the stars as no one else has them —"

"What are you trying to say?"

"In one of the stars I shall be living. In one of them I shall be laughing.

And so it will be as if all the stars were laughing, when you look at the sky at night... you — only you — will have stars that

can laugh!" And he laughed again.

"And when your sorrow is comforted (time soothes all sorrows) you will be content that you have known me. You will always be my friend. You will want to laugh with me. And you will sometimes open your window, so, for that pleasure... and your friends will be properly astonished to see you laughing as you look up at the sky! Then you will say to them, 'Yes, the stars always make me laugh!' And they will think you are crazy. It will be a very shabby trick that I shall have played on you..."

And he laughed again.

"It will be as if, in place of the stars, I had given you a great number of little bells that knew how to laugh..."

And he laughed again. Then he quickly became serious: "Tonight — you know... do not come," said the little prince.

"I shall not leave you," I said.

"I shall look as if I were suffering. I shall look a little as if I were dying. It is like that. Do not come to see that. It is not worth the trouble..."

"I shall not leave you."

But he was worried. "I tell you — it is also because of the snake. He must not bite you. Snakes — they are malicious creatures. This one might bite you just for fun..."

"I shall not leave you."

But a thought came to reassure him: "It is true that they have

no more poison for a second bite."

That night I did not see him set out on his way. He got away from me without making a sound. When I succeeded in catching up with him he was walking along with a quick and resolute step. He said to me merely: "Ah! You are there..."

And he took me by the hand. But he was still worrying.

"It was wrong of you to come. You will suffer. I shall look as if I were dead; and that will not be true..."

I said nothing.

"You understand... it is too far. I cannot carry this body with me. It is too heavy."

I said nothing.

"But it will be like an old abandoned shell. There is nothing sad about old shells..."

I said nothing.

He was a little discouraged. But he made one more effort: "You know, it will be very nice. I, too, shall look at the stars. All the stars will be wells with a rusty pulley. All the stars will pour out fresh water for me to drink..."

I said nothing.

"That will be so amusing! You will have five hundred million little bells, and I shall have five hundred million springs of fresh water..."

And he too said nothing more, becuase he was crying...

"Here it is. Let me go on by myself."

And he sat down, because he was afraid. Then he said, again: "You know — my flower... I am responsible for her. And she is so weak! She is so naive! She has four thorns, of no use at all, to protect herself against all the world..."

I too sat down, because I was not able to stand up any longer. "There now — that is all..."

He still hesitated a little; then he got up. He took one step. I could not move.

There was nothing but a flash of yellow close to his ankle. He remained motionless for an instant. He did not cry out. He fell as gently as a tree falls.

There was not even any sound, because of the sand.

Chapter 27

And now six years have already gone by...

I have never yet told this story. The companions who met me on my return were well content to see me alive. I was sad, but I told them: "I am tired."

Now my sorrow is comforted a little. That is to say — not entirely. But I know that he did go back to his planet, because I

did not find his body at daybreak.

It was not such a heavy body... and at night I love to listen to the stars. It is like five hundred million little bells...

But there is one extraordinary thing... when I drew the muzzle for the little prince, I forgot to add the leather strap to it. He will never have been able to fasten it on his sheep. So now I keep wondering: what is happening on his planet? Perhaps the sheep has eaten the flower...

At one time I say to myself: "Surely not! The little prince shuts his flower under her glass globe every night, and he watches over his sheep very carefully..." Then I am happy. And there is sweetness in the laughter of all the stars.

But at another time I say to myself: "At some moment or other one is absent-minded, and that is enough! On some one evening he forgot the glass globe, or the sheep got out, without making any noise, in the night..." And then the little bells are changed to tears...

Here, then, is a great mystery. For you who also love the little prince, and for me, nothing in the universe can be the same if somewhere, we do not know where, a sheep that we never saw has — yes or no? — eaten a rose...

Look up at the sky. Ask yourselves: is it yes or no? Has the sheep eaten the flower? And you will see how everything changes...

And no grown-up will ever understand that this is a matter of so much importance!

This is, to me, the loveliest and saddest landscape in the world. It is the same as that on the preceding page, but I have drawn it again to impress it on your memory. It is here that the little prince appeared on Earth, and disappeared.

Look at it carefully so that you will be sure to recognize it in case you travel some day to the African desert. And, if you should come upon this spot, please do not hurry on. Wait for a time, exactly under the star. Then, if a little man appears who laughs, who has golden hair and who refuses to answer questions, you will know who he is. If this should happen, please comfort me. Send me word that he has come back.

I watched her sleeping, being somewhat troubled in my soul, but that clear night, which had only ever given me beautiful thoughts, had kept me in an innocent frame of mind. The stars all around us continued their stately, silent journey like a great docile flock in the sky. At times, I imagined that one of these stars, the finest one, the most brilliant, having lost its way, had come to settle, gently, on my shoulder, to sleep...

The Stars

A tale from a Provencal shepherd

- Alphonse Daudet -

When I used to be in charge of the animals on the Luberon, I was in the pasture for many weeks with my dog Labri and the flock without seeing another living soul. Occasionally the hermit from Mont-de-l'Ure would pass by looking for medicinal herbs, or I might see the blackened face of a chimney sweep from Piémont. But these were simple folk, silenced by the solitude, having lost the taste for chit-chat, and knowing nothing of what was going on down in the villages and towns. So, I was truly happy, when every fortnight I heard the bells on our farm's mule which brought my provisions, and I saw the bright little face of the farm boy, or the red hat of old aunty Norade appear over the hill. I asked them for news from the village, the baptisms, marriages, and so on. But what particularly interested me, was to know what was happening to my master's daughter, Mademoiselle Stephanette, the loveliest thing for fifty kilometres around. Without wishing to seem over-curious, I managed to find out if she was going to village fetes and evening farm gatherings, and if she still turned up with a new admirer every time. If someone asked me how that concerned a poor mountain shepherd, I would say that I was twenty years old and that Stephanette was the loveliest thing I had seen in my whole life.

One Sunday, however, the fortnight's supplies were very late arriving. In the morning, I had thought, "It's because of High Mass." Then about midday, a big storm got up, which made me think that bad road conditions had kept the mule from setting out. Then, just after three o'clock, as the sky cleared and the wet mountain glistened in the sunshine, I could hear the mule's bells above the sound of the dripping leaves and the raging streams. To me they were as welcome, happy, and lively as a peal of bells on Easter Day. But there was no little farm boy or old aunty Norade at the head. It was ... you'll never guess ... my heart's very own desire, friends! Stephanette in person, sitting comfortably between the wicker baskets, her lovely face flushed by the mountain air and the bracing storm.

Apparently, the young lad was ill and aunty Norade was on holiday at her childrens' place. Stephanette told me all this as she got off the mule, and explained that she was late because she had lost her way. But to see her there in her Sunday best, with her ribbon of flowers, her silk skirt and lace bodice; it looked more like she had just come from a dance, rather than trying to find her way through the bushes. Oh, the little darling! My eyes never tired of looking at her. I had never seen her so close before. Sometimes in winter, after the flocks had returned to the plain, and I was in the farm for supper in the evening, she would come into the dining room, always overdressed and rather proud, and rush across the room, virtually ignoring us... But now, there she was, right in front of me, all to myself. Now wasn't that something to lose your head over?

Once she had taken the provisions out of the pannier, Stephanette began to take an interest in everything. Hitching up her lovely Sunday skirt, which otherwise might have got marked, she went into the compound, to look at the place where I slept. The straw crib with its lambskin cover, my long cape hanging on the wall, my shepherd's crook, and my catapult; all these things fascinated her.

— So, this is where you live, my little shepherd? How tedious it must be to be alone all the time. What do you do with yourself? What do you think about?

I wanted to say, "About you, my lady," and I wouldn't have been lying, but I was so greatly nonplussed that I couldn't find a single word by way of a reply. Obviously, she picked this up, and certainly she would now take some gentle malicious

pleasure in turning the screw:

— What about your girlfriend, shepherd, doesn't she come up to see you sometimes? Of course, it would have to be the fairy Esterelle, who only runs at the top of the mountain, or the fabled, golden she-goat...

As she talked on, she seemed to me like the real fairy Esterelle. She threw her head back with a cheeky laugh and hurried away, which made her visit seem like a dream.

— Goodbye, shepherd.

— Bye, Bye, lady.

And there she was — gone — taking the empty baskets with her.

As she disappeared along the steep path, stones disturbed by the mule's hooves, seemed to take my heart with them as they rolled away. I could hear them for a very long time. For the rest of the day, I stood there daydreaming, hardly daring to move, fearing to break the spell. Towards the evening, as the base of the valleys became a deeper blue, and the bleating animals flocked together for their return to the compound, I heard someone calling to me on the way down, and there she was; mademoiselle herself. But she wasn't laughing any more;

she was trembling, and wet, and fearful, and cold. She would have me believe that at the bottom of the hill, she had found the River Sorgue was swollen by the rain storm and, wanting to cross at all costs, had risked getting drowned. The worse thing, was that at that time of night, there was no chance of her getting back to the farm. She would never be able to find the way to the crossing place alone, and I couldn't leave the flock. The thought of staying the night on the mountain troubled her a great deal, particularly as her family would worry about her. I reassured her as best I could:

— The nights are short in July, my Lady. It's only going to seem like a passing, unpleasant moment.

I quickly lit a good fire to dry her feet and her dress soaked by the river. I then placed some milk and cheese in front of her, but the poor little thing couldn't turn her thoughts to either warming herself or eating. Seeing the huge tears welling up in her eyes, made me want to cry myself.

Meanwhile night had almost fallen. There was just the faintest trace of the sunset left on the mountains' crests. I wanted mademoiselle to go on into in the compound to rest and recover. I covered the fresh straw with a beautiful brand new skin, and I bid her good night. I was going to sit outside the door. As God is my witness, I never had an unclean thought, despite my burning desire for her. I had nothing but a great feeling of pride in considering that, there, in a corner of the compound, close up to the flock watching curiously over her sleeping form, my masters' daughter rested, — just like a sheep, though one whiter and much more precious than all the others,

— trusting me to guard her. To me, never had the sky seemed darker, nor the stars brighter... Suddenly, the wicker fence opened and the beautiful Stephanette appeared. She couldn't sleep; the animals were scrunching the hay as they moved, or bleating in their dreams. For now, she just wanted to come close to the fire. I threw my goat-skin over her shoulders, tickled the fire, and we sat there together not saying anything. If you know what's it's like to sleep under the stars at night, you'll know that, when we are normally asleep, a mysterious world awakens in the solitude and silence. It's the time the springs babble more clearly, and the ponds light up their will o' the wisps. All mountain spirits roam freely about, and there are rustlings in the air, imperceptible sounds, that might be branches thickening or grass growing. Day-time is for everyday living things; night-time is for strange, unknown things. If you're not used to it, it can terrify you... So it was with mademoiselle, who was all of a shiver, and clung to me very tightly at the slightest noise. Once, a long gloomy cry, from the darkest of the ponds, rose and fell in intensity as it came towards us. At the same time, a shooting star flashed above our heads going in the same direction, as if the moan we had just heard was carrying a light.

— What's that? Stephanette asked me in a whisper.

— A soul entering heaven, my Lady; and I crossed myself.
She did the same, but stayed looking at the heavens in rapt awe. Then she said to me:

— Is it true then, that you shepherds are magicians?

— No, no, mademoiselle, but here we live closer to the stars, and we know more about what happens up there than people who live in the plains.
She kept looking at the stars, her head on her hands, wrapped in the sheepskin like a small heavenly shepherd:

— How many there are! How beautiful! I have never seen so many. Do you know their names, shepherd?

— Of course, lady. There you are! Just above our heads, that's the Milky Way. Further on you have the Great Bear. And so, he described to her in great detail, some of the magic of the star-filled panoply...

— One of the stars, which the shepherds name, Maguelonne, I said, chases Saturn and marries him every seven years.

— What, shepherd! Are there star marriages, then?

— Oh yes, my Lady.

I was trying to explain to her what these marriages were about, when I felt something cool and fine on my shoulder. It was her head, heavy with sleep, placed on me with just a delightful brush of her ribbons, lace, and dark tresses. She stayed just like that, unmoving, right until the stars faded in the coming daylight. As for me, I watched her sleeping, being somewhat troubled in my soul, but that clear night, which had only ever given me beautiful thoughts, had kept me in an innocent frame of mind. The stars all around us continued their stately, silent journey like a great docile flock in the sky. At times, I imagined that one of these stars, the finest one, the most brilliant, having lost its way, had come to settle, gently, on my shoulder, to sleep...

Master-Miller Cornille's Secret

- Alphonse Daudet -

Francet Mamaï, an aging fife player, who occasionally passes the evening hours drinking sweet wine with me, recently told me about a little drama which unfolded in the village near my windmill some twenty years ago. The fellow's tale was quite touching and I'll try to tell it to you as I heard it.

For a moment, think of yourself sitting next to a flagon of sweet-smelling wine, listening to the old fife player giving forth.

"Our land, my dear monsieur, hasn't always been the dead and alive place it is today. In the old days, it was a great milling centre, serving the farmers from many kilometres around, who brought their wheat here to be ground into flour. The village was surrounded by hills covered in windmills. On every side, above the pine trees, sails, turning in the mistral, filled the landscape, and an assortment of small, sack-laden donkeys trudged up and down the paths. Day after day it was really good to hear the crack of the whips, the snap of the sails, and the miller's men's prodding, "Gee-up"... On Sundays, we used to go up to the windmills in droves, and the millers thanked us with Muscat wine. The miller's wives looked as pretty as pictures with their lace shawls and gold crosses. I took my fife, of course, and we farandoled the night away. Those windmills, mark me, were the heart and soul of our world.

"Then, some Parisians came up with the unfortunate idea of establishing a new steam flour mill on the Tarascon Road. People soon began sending their wheat to the factory and the poor wind-millers started to lose their living. For a while they tried to fight back, but steam was the coming thing, and it eventually finished them off. One by one, they had to close down... No more dear little donkeys; no more Muscat! and no more farandoling!... The millers' wives were selling their gold crosses to help make ends meet... The mistral might just as well not have bothered for all the turning the windmills did... Then, one day, the commune ordered the destruction of all the run-down windmills and the land was used to plant vines and olive trees.

"Even during of all this demolition, one windmill had prevailed and managed to keep going, and was still bravely turning on, right under the mill factors' noses. It was Master-Miller Cornille's mill; yes, this actual one we're chewing the fat in right now."

"Cornille was an old miller, who had lived and breathed flour for sixty years, and loved his milling above all other things. The opening of the factories had enraged him to distraction.

For a whole week, he was stirring up the locals in the village, and screaming that the mill factories would poison the whole of Provence with their flour. "Don't have anything to do with them," he said, "Those thieves use steam, the devil's own wind, while I work with the very breath of God, the tramontana and the mistral." He was using all manner of fine words in praise of windmills. But nobody was listening.

"From then on, the raving old man just shut himself away in his windmill and lived alone like a caged animal. He didn't even want Vivette, his fifteen year old grand daughter, around. She only had her grandfather to depend on since the death of her parents, so the poor little thing had to earn her living from any farm needing help with the harvest, the silk-worms, or the olive picking. And yet, her grandfather still displayed all the signs of loving Vivette, and he would often walk in the midday sun to see her in the farm where she was working, and he would spend many hours watching her, and breaking his heart...

"People thought that the old miller was simply being miserly in sending Vivette away. In their opinion, it was utterly shameful to let his grand-daughter trail from farm to farm, running the risk that the supervisors would bully and abuse her and that she would suffer all the usual horrors of child labour. Cornille, who had once been respected, now roamed the streets like a gypsy; bare-footed, with a hole in his hat, and his

breeches in shreds... In fact, when he went to mass on Sundays, we, his own generation, were ashamed of him, and he sensed this to the point that he wouldn't come and sit in the front pews with us. He always sat by the font at the back of the church with the parish poor."

"There was something mysterious about Cornille's life. For some time, nobody in the village had brought him any wheat, and yet his windmill's sails kept on turning. In the evenings, the old miller could be seen on the pathways, driving his flour-sack laden mule along.

— Good evening, Master-Miller Cornille! the peasants called over to him; Everything alright, then?

— Oh yes, lads, the old fellow replied cheerily. Thank God, there's no shortage of work for me."

"If you asked him where the work was coming from, he would put a finger to his mouth and reply with great seriousness: "Keep it under your hat! It's for export." You could never get anything more than that out of him.

"You daren't even think about poking your nose inside the windmill.

Even little Vivette wouldn't go in there.

"The door was always shut when you passed by, the huge

sails were always turning, the old donkey was grazing on the mill's apron, and a starved-looking cat was sunning itself on the windowsill, and eying you viciously.

"All this gave it an air of mystery causing much gossip. Each person had his own version of Cornille's secret, but the general view was that there were more sacks of money than sacks of flour in the windmill.

"Eventually, though, everything was revealed. Listen to this:

"One day, playing my fife at the youngsters dance, I noticed that the eldest of my boys and little Vivette had fallen in love. Deep down, I was not sorry; after all, Cornille was a respected name in our village, and then again, it had pleased me to see this pretty little bundle of fluff, Vivette, skipping around the house. But, as our lovers had lots of opportunities to be alone together, I wanted to put the affair on a proper footing at once, for fear of accidents, so I went up to the windmill to have a few words with her grandfather... But, oh, the old devil! You wouldn't credit the manner of his welcome! I couldn't get him to open the door. I told him through the keyhole that my intentions were good, and meanwhile, that damned starved-looking cat was spitting like anything above my head.

"The old man cut me short and told me, unfairly, to get back to my flute playing, and that if I was in such a hurry to marry off my boy, I'd be better going to look for one of the factory girls. You can imagine how much these words made my blood boil, but, wisely, I was able to control myself, and left the old fool to his grinding. I went back to tell the children of my disappointment. The poor lambs couldn't believe it; and they asked me if they could go to speak to him. I couldn't refuse, and in a flash, the lovers went. When they arrived, Cornille had just left. The door was double locked, but he had left his ladder outside. The children immediately went in through the window to see what was inside this famous windmill...

"Amazingly, the milling room was empty. Not a single sack; not one grain of wheat. Not the least trace of flour on the walls or in the cobwebs. There wasn't even the good warm scent of crushed wheat which permeates windmills. The grinding machinery was covered in dust, and the starving cat was asleep on it.

"The room below had just the same air of misery and neglect: a pitiful bed, a few rags, a piece of bread on a step of the stairs, and notably, in one corner, three or four burst sacks with rubble and chalk spilling out.

"So — that was Cornille's secret! It was this plaster that was being moved by road in the evenings. All this, just to save the reputation of the windmill, to make people believe that flour was still being milled there. Poor windmill. Poor Cornille! The millers had finished the last real work a long time ago. The sails turned on, but the millstone didn't.

"The children returned tearfully and told me what they had seen. It broke my heart to hear them. I ran round to the neighbours straight away, explaining things very briefly, and we all agreed at once on what to do, which was to carry all the wheat we could lay our hands on up to Cornille's windmill. No sooner said than done. The whole village met up on the way and we arrived with a procession of donkeys loaded up with wheat, but this time the real thing.

"The windmill was open to the world... In front of the door, crying, head in hands, sat Cornille on a sack of plaster. He had only just come back and noticed, that while he was away, his home had been invaded and his pathetic secret exposed.

— Poor, poor me, he said. I might as well be dead ... the windmill has been shamed.

"Then sobbing bitter tears, he tried to say all sorts of consoling words to his windmill, as if it could hear him. Just then, the mules arrived on the apron and we all began to shout loudly as in the good old days of the millers:

— What ho there, in the windmill! What ho there, Monsieur Cornille!!

"And there they were, stacked together, sack upon sack of

lovely golden grain, some spilling over onto the ground all around...

"Cornille, his eyes wide open, took some of the wheat into the palms of his old hands, crying and laughing at the same time:

— It's wheat! Dear Lord. Real wheat. Leave me to feast my eyes.
"Then, turning towards us, he said:

— I know why you've come back to me... The mill factory owners are all thieves.
"We wanted to lift him shoulder high and take him triumphantly to the village:

— No, no my children, I must give my windmill something to go at first.
Think about it, for so long, it's had nothing to grind!
"We all had tears in our eyes as we saw the old man scampering from sack to sack, and emptying them into the millstone and watching as the fine flour was ground out onto the floor.
"It's fair to say that from then on, we never let the old miller run short of work. Then, one morning Master-Miller Cornille died, and the sails of our last working windmill turned for the

very last time. Once he had gone, no one took his place. What could we do, monsieur? Everything comes to an end in this world, and we have to accept that the time for windmills has gone, along with the days of the horse-drawn barges on the Rhone, local parliaments, and floral jackets."

The Arlesienne
- Alphonse Daudet -

As you go down to the village from the windmill, the road passes a farm situated behind a large courtyard planted with tall Mediterranean nettle trees. It's a typical house of a Provencal tenant farmer with its red tiles, large brown façade, and haphazardly placed doors and windows. It has a weather-cock right on top of the loft, and a pulley to hoist hay, with a few tufts of old hay sticking out...

What was it about this particular house that struck me? Why did the closed gate freeze my blood? I don't know; but I do know that the house gave me the shivers. It was choked by an eerie silence. No dogs barked. Guinea fowl scattered silently.

Nothing was heard from inside the grounds, not even the ubiquitous mule's bell... Were it not for white curtains at the windows and smoke rising from the roof, the place could have been deserted.

Yesterday, around midday, I was walking back from the village, by the walls of the farm in the shade of the old nettle trees, when I saw some farm-hands quietly finishing loading a hay wain on the road in front of the farm. The gate had been left open and discovered a tall, white-haired, old man at the back of the yard, with his elbows on a large stone table, and his head in his hands. He was wearing an ill-fitting jacket and tattered trousers... The sight of him stopped me in my tracks. One of the men whispered, almost inaudibly, to me:

— Sush. It's the Master. He's been like that since his son's death.

At that moment a woman and a small boy, both dressed in black and accompanied by fat and sun-tanned villagers, passed near us and went into the farm.

The man went on:

— ... The lady and the youngest, Cadet, are coming back from the mass. Every day it's the same thing since the eldest killed himself. Oh, monsieur, what a tragedy. The father still goes round in his mourning weeds, nothing will stop him... Gee-up!

The wagon lurched ready to go, but I still wanted to know more, so I asked the driver if I could sit with him, and it was up there in the hay, that I learned all about the tragic story of young Jan.

Jan was an admirable countryman of twenty, as well-behaved as a girl, well-built and open-hearted. He was very handsome and so caught the eye of lots of women, but he had eyes for only one — a petite girl from Arles, velvet and lace vision, whom he had once met in the town's main square. This wasn't well received at first in the farm. The girl was known as a flirt, and her parents weren't local people. But Jan wanted her, whatever the cost. He said:

— I will die if I don't have her. And so, it just had to be. The marriage was duly arranged to take place after the harvest.

One Sunday evening, the family were just finishing dinner in the courtyard. It was almost a wedding feast. The fiancée was not there, but her health and well-being were toasted throughout the meal... A man appeared unexpectedly at the door, and stuttered a request to speak to Estève, the master of the house, alone. Estève got up and went out onto the road.

— Monsieur, the man said, you are about to marry your boy off to a woman who is a bitch, and has been my mistress for two years. I have proof of what I say; here are some of her letters!... Her parents know all about it and have promised her to me, but since your son took an interest in her, neither she nor they want anything to do with me... And yet I would have thought that after what has happened, she couldn't in all conscience marry anyone else.

— I see, said Master Estève after scanning the letters; come in; have a glass of Muscat.

The man replied:

— Thanks, but I am too upset for company.

And he went away.

The father went back in, seemingly unaffected, and retook his place at the table where the meal was rounded off quite amiably.

That evening, Master Estève went out into the fields with his son. They stayed outside some time, and when they did return the mother was waiting up for them.

— Wife, said the farmer bringing their son to her, hug him, he's very unhappy...

Jan didn't mention the Arlesienne ever again. He still loved her though, only more so, now he knew that she was in the arms of someone else. The trouble was that he was too proud to say so, and that's what killed the poor boy. Sometimes, he would spend entire days alone, huddled in a corner, motionless. At other times, angry, he would set himself to work on the farm, and, on his own, get through the work of ten men. When evening came, he would set out for Arles, and walk expectantly until he saw the town's few steeples appearing in the sunset. Then he turned round and went home. He never went any closer than that.

The people in the farm didn't know what to do, seeing him always sad and lonely. They feared the worst. Once, during a meal, his mother, her eyes welling with tears, said to him:

— Alright, listen Jan, if you really want her, we will let you take her...

The father, blushing with shame, lowered his head...

Jan shook his head and left...

From that day onwards, Jan changed his ways, affecting cheerfulness all the time to reassure his parents. He was seen again at balls, cabarets, and branding fetes. At the celebrations at the Fonvieille fete, he actually led the farandole.

His father said: "He's got over it." His mother, however, still had her fears and kept an eye on her boy more than ever...

Jan slept in the same room as Cadet, close to the silkworms' building. The poor mother even made up her bed in the next room to theirs ... explaining by saying that the silkworms would need attention during the night.

Then came the feast day of St. Eli, patron saint of farmers.

There were great celebrations in the farm... There was plenty of Château-Neuf for everybody and the sweet wine flowed in rivers. Then there were crackers, and fireworks, and coloured lanterns all over the nettle trees. Long live St. Eli! They all danced the farandole until they dropped. Cadet scorched his new smock... Even Jan looked content, and actually asked his mother for a dance. She cried with joy.

At midnight they all went to bed; everybody was tired out. But Jan himself didn't sleep. Cadet said later that he had been sobbing the whole night. Oh, I tell you, he was well smitten that one...

The next morning the mother heard someone running across her sons' bedroom. She felt a sort of presentiment:

— Jan, is that you?
Jan didn't reply, he was already on the stairs.
His mother got up at once:

— Jan, where are you going?

He went up into the loft, she followed him:

— In heavens name, son!
He shut and bolted the door:

— Jan, Jan, answer me. What are you doing?

Her old trembling hands felt for the latch... A window opened; there was the sound of a body hitting the courtyard slabs. Then ... an awful silence.

The poor lad had told himself: "I love her too much... I want to end it all..." Oh, what pitiful things we are! It's all too much; even scorn can't kill love...

That morning, the village people wondered who could be howling like that, down there by Estève's farm.

It was the mother in the courtyard by the stone table which was covered with dew and with blood. She was wailing over her son's lifeless body, limp, in her arms.

Monsieur Seguin's Last Kid Goat
(To Pierre Gringoire, lyrical poet, Paris)

- Alphonse Daudet -

You'll never get anywhere, Gringoire!

I can't believe it! A good newspaper in Paris offers you a job as a critic and you have the brass neck to turn it down. Look at yourself, old friend. Look at the holes in your doublet, your worn-out stockings, and your pinched face which betrays your hunger. Look where your passion for poetry has got you! See how much you have been valued for your ten years writing for the gods. What price pride, after all?

Take the job, you idiot, become a critic! You'll get good money, you'll have your reserved table in Brébant's, you will be seen at premieres, and it will secure your reputation...

No? You don't want to? You prefer to stay as free as the air to the end of your days. Very well then, listen to the story of Monsieur Seguin's last kid goat. You'll see where hankering after your freedom gets you.

Monsieur Seguin never had much luck with his goats.

He lost them all, one after another, in the same way. One fine morning they would break free from their tethers and scamper

off up into the mountain, where they were gobbled up by the big bad wolf. Neither their master's care, nor the fear of the wolf, nor anything else could hold them back. They were, or so it seemed, goats who wanted freedom and open spaces whatever the cost.

Monsieur Seguin, who didn't understand his animals' ways, was dismayed.

He said:

— It's all over. Goats get fed up here; I haven't managed to keep a single one of them.

But he hadn't totally lost heart, for even after losing six goats, he still bought a seventh. This time he made sure to get it very young, so she would settle down better.

Oh! Gringoire, she was really lovely, Monsieur Seguin's little kid goat; with her gentle eyes, her goatee beard, her black shiny hooves, her striped horns, and her long white fur, which made a fine greatcoat for her! It was nearly as delightful as Esmeralda's kid goat. Do you remember her, Gringoire? And then again, she was affectionate and docile, holding still while she was milked, never putting her foot in the bowl. A lovely, a dear little goat...

There was a hawthorn enclosure behind Monsieur Seguin's house where he placed his new boarder. He tied her to a stake in the finest part of the field, taking care that she had plenty of rope, and often went out to see how she was faring. The goat appeared to be very happy and was grazing heartily on the grass, which delighted Monsieur Seguin.

— At last, triumphed the poor man, this one isn't getting bored here!

Monsieur Seguin was wrong; his goat was becoming very bored.

One day, looking over towards the mountain, she remarked:

— How great it must be up there! How lovely to gambol on the heath without this rope tether that chafes my neck. It's alright for an ox or a donkey to graze all cooped up, but we goats should be able to roam free.

From then on, she found the grass in the enclosure bland. Boredom overcame her. She lost weight and her milk all but dried up. It was pitiful to see her pulling at her tether all day, with her head turned towards the mountain, nostrils flared, and bleating sadly.

Monsieur Seguin noticed that there was something wrong with her, but he couldn't work out what it was. One morning, as he finished milking her, she turned towards him and said to him, in her own way:

— Listen Monsieur Seguin. I am pining away here, let me go into the mountain.

— Oh my God. Not you as well! screamed Monsieur Seguin, dropping his bowl, stupefied. Then, sitting down in the grass beside his goat he added:

— So, my Blanquette, you want to leave me!
Blanquette replied:

— Yes, Monsieur Seguin.

— Are you short of grass here?

— Oh, no, Monsieur Seguin.

— Perhaps your tether is too short, shall I lengthen it?

— It-s not worth your while, Monsieur Seguin.

— Well then, what do you need, what do you want?

— I want to go up into the mountain, Monsieur Seguin.

— But, my poor dear, don't you realise that there is a big bad wolf on the mountain? What will you do when he turns up.

— I will butt him, Monsieur Seguin.

— The big bad wolf doesn't give a fig for your horns. He's eaten many a kid goat with bigger horns than yours. Have you thought about poor old Renaude who was here only last year? She was really strong and wilful, she was; more like a billy-goat. She fought off the wolf all night. In the morning the wolf still ate her, though.

— Poor, poor Renaude! But that doesn't alter anything, Monsieur Seguin, let me go into the mountain.

— Goodness!..., he said; What am I to do with these goats of mine? Yet another one for the wolf's belly. Well, I'm not going to have it, I will save you despite yourself, you rascal, and to avoid the risk of your breaking loose, I am going to lock you in the cowshed and you will stay there.

Without further ado, Monsieur Seguin carried the goat into the pitch blackness of the cowshed and locked and bolted the door. Unfortunately, he had forgotten to shut the window, and he had hardly turned his back when she got free.

Are you laughing, Gringoire? Heavens! I'm quite sure you are on the goats' side, and not Monsieur Seguin's. We'll see if you manage to keep laughing.

There was general delight when the white goat arrived on the mountain. The old fir trees had never seen anything nearly so lovely. She was received like a queen. The chestnut trees bowed down to the ground to stroke her with the tips of their leaves. The brooms opened up the way for her and brushed against her as best they could. The whole mountainside celebrated her arrival.

So, Gringoire, imagine how happy our goat was! No more tether ... no more stake ... nothing to prevent her from going where she wanted and nibbling at anything she liked. Hereabouts, there was lots of grass; she was up to her horns in it, my friend. And what grass! Delicious, fine, feathery, and dense, so much better than that in the enclosure. And then there were the flowers!... Huge bluebells; purple, long-stemmed foxgloves; a whole forest full of wild blooms brimming over with heady sap.

The white goat, half-drunk, wallowed in it, and with her legs flailing in the air, rolled along the bank all over the place on the fallen leaves in amongst the chestnut trees. Then, quite suddenly, she jumped confidently onto her feet. Off she went, heedlessly going forward through the clumps of boxwood and brooms; she went everywhere; up hill, and down dale. You would have thought that there were loads of Monsieur Seguin's goats on the mountain.

Clearly, Blanquette was not frightened of anything. In one leap, she covered some large torrential streams, which burst over her in a soaking mist. Then, dripping wet, she stretched herself out on a flat rock and dried herself in the sun. Once, approaching the edge of a drop, a laburnum flower in her mouth, she noticed Monsieur Seguin's house and the enclosure far down on the plain. It made her laugh till the tears came.

— How small it all is! she said; how did I manage to put up with it?

Poor little thing, finding herself so high up, she believed herself to be on top of the world.

Overall, it was a jolly good day for Monsieur Seguin's kid goat. About midday, scampering all over the place, she chanced upon a herd of chamois munching on wild vines with some relish. Our little minx in a white dress was an absolute sensation. All these gentlemanly bucks made way for her so she could have the very best of the vines... It even seemed — and this is for your ears only Gringoire — that one of the black coated young chamois caught Blanquette's eye. The two lovers got lost in the trees for an hour or two, and if you want to know what they said to one another, go and ask the babbling brooks who meander unseen in the moss.

Suddenly, the wind freshened; the mountain turned violet; and evening fell...

— Already!, said the little kid goat, and stopped in astonishment.

In the valley, the fields were shrouded in mist. Monsieur Seguin's enclosure was hidden in the fog, and nothing could be seen of the house except the roof and a faint trace of smoke. She heard the bells of a flock of sheep returning home and began to feel very melancholy. A returning falcon just missed her with his wings as he passed over. She winced... Then there was a howl on the mountain.

Now, the silly nanny thought about the big bad wolf; having not once done it all day. At the same time, a horn sounded far away in the valley. It was Monsieur Seguin making one last effort.

The wolf howled again.

— Come home! Come home! cried the horn.

Blanquette wanted to; but then, she remembered the stake, and the rope, and the hedged enclosure; and she thought that now she couldn't possibly get used to all that lot again, and it

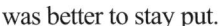

was better to stay put.

The horn went silent...

She heard a noise in the leaves behind her. She turned round and there in the shade she saw two short, pricked-up ears and two shining eyes... It was the big, bad wolf.

Huge and motionless, there he was, sitting on his hindquarters, looking at the little white goat and licking his chops. He knew full well that he would eventually eat her, so he was in no hurry, and as she turned away, he laughed maliciously:

— Ha! Ha! It's Monsieur Seguin's little kid goat! and he licked his chops once again with his red tongue.

Blanquette felt all was lost. It only took a moment's thought about the story of old Renaude, who became the wolf's meal after bravely fighting all night, to convince her that perhaps it would have been better to get it over with, and to let herself be eaten there and then. Afterwards, thinking better of it, she squared up to the big bad wolf, head down, horns ready, like the brave little kid goat of Monsieur Seguin that she was ... not that she expected to kill him — goats don't kill wolves — but just to see if she could last out as long as Renaude...

As the big bad wolf drew near, she with her little horns set to into the fray.

Oh! the brave little kid goat; how she went at it with such a great heart. A dozen times, I'll swear, Gringoire, she forced the wolf back to catch his breath. During these brief respites, she grabbed a blade or two of the grass that she loved so much; then, still munching, joined the battle again... The whole night passed like this. Occasionally, Monsieur Seguin's kid goat looked up at the twinkling stars in the clear sky and said to herself:

— Oh dear, I hope I can last out till the morning...

One by one the stars faded away. Blanquette intensified her charges, while the wolf replied with his teeth. The pale daylight appeared gradually over the horizon. A cockerel crowed hoarsely from a farm below.

— At last! said the poor animal, who was only waiting for the morning to come so that she could die bravely, and she laid herself down on the ground, her beautiful white fur stained with blood.

It was then, at last, that the wolf fell on the little goat and devoured her.

Goodbye, Gringoire!

The story you have heard is not of my making. If you ever come to Provence, our tenant farmers often tell you, of M.

Seguin's kid goat, who fought the big bad wolf all night before he ate her in the morning.

Think about it, Gringoire, the big bad wolf ate her in the morning.

순수한 영혼 이야기
어린 왕자 ★ 별

초판 1쇄 | 2015년 11월 20일

지은이 | 생텍쥐페리, 알퐁스 도데
옮긴이 | 김설아
펴낸이 | 장재열
펴낸곳 | 단한권의책
출판등록 | 제251-2012-47호 2012년 9월 14일
주소 | 경기도 수원시 영통구 매탄동 현대홈타운 127동 304호
전화 | 010-2543-5342
팩스 | 070-4850-8021
이메일 | jjy5342@naver.com
온라인 카페 | http://cafe.naver.com/onenonlybooks

ISBN | 978-89-98697-21-1 (14860)
값 | 12,800원

번역 과정에서 이 책의 일부 내용을 국내 사정에 맞게 수정했습니다.
그러나 원본이 지닌 맛을 최대한 살리려 노력했고, 비교해서 보실 수 있도록 원문을 뒤에 실었습니다.